ハーレクイン文庫

潮風のラプソディー

ロビン・ドナルド

塚田由美子 訳

HARLEQUIN
BUNKO

A LATE LOVING

by Robyn Donald

Published by Harlequin Japan, a Division of K.K. HarperCollins Japan, 2024

潮風のラプソディー

◆主要登場人物

アンバー・ステファニデス……秘書。
アレックス・ステファニデス……アンバーの別居中の夫。実業家。
ニック……アンバーとアレックスの息子。
マット・ダンカン……アンバーのいとこ。
ガブリエル・パトウ……アレックスの愛人。

1

風が戯れ、アンバーのほおにはらりと髪を散らした。北ニュージーランドの夏。灼熱《しゃくねつ》の日差しのもとで巻き毛が蜂蜜《はちみつ》色に輝き、黄金色の肌と、茶色とも金色ともつかない色合いの瞳を際立たせている。ゴールデン・ガール――アンバーの夫アレックス・ステファニデスは、かつて彼女をそう呼んだことがある。ずっと昔、彼女が十七歳でまだほんの子供だったころ。

思い出とはなんて意地悪なんだろう。アレックスの妻として過ごした日々を振り返る時、楽しかった記憶を拾い出すのはとても難しいのに、私をゴールデン・ガールと呼んだ低い声に込められた優しくからかうような響きと、彼のグレーの瞳の奥にきらめく小さな火花に射すくめられて自分の体がどんなに騒いだかは、ありありと思い出すことができる。

アンバーは鞍《くら》の上で背筋を伸ばし、オプアの小さな港を目差して進む白い優雅な客船を、おびえたまなざしで追った。彼女はステファニデス船舶会社の誇りであるカリステ号が寄港するたびに理由のない不吉な予感におびえ、それが去るのを安堵《あんど》の思いで見送るのだ。

白い客船は今、ブルーグリーンの水面を切って滑るように進み、その周りで多くのヨットやモーターボートが波間に揺れている。まるで海を愛するニュージーランド人のほとんどが、亜熱帯のアイランズ湾で休暇を楽しんでいるようだ。

クリスマスが過ぎ、ポフツカワの花が散って砂地を真紅に染め、ジャカランダの花の青いベールを透かして牧場の建物のテラコッタの屋根が見える。今年の春は暖かくて雨も多かったので、牧草は青々と茂り、家畜は順調に育っていた。

いとこのマットが大切な牧場をアンバーにゆだね、彼女の息子を伴ってグレート・バリアー・アイランドのクルーズに参加する気になったのも、家畜たちになんの心配もなかったからだ。昨日届いた絵葉書を思い出して、アンバーはふっくらした唇をほころばせた。八歳になる息子のニックは、毎日愉快に過ごしていると書いてきた。友達のサム・ベリンジャーと二人だけでスノーケルをつけて潜水することは許してもらえないけれど、朝食用の魚をつかまえたし、飛び込みも上達した、と。

カリステ号を見つめているうちに、焼けつくような暑さにもかかわらずアンバーは寒気を感じた。なぜかニックがいないことに奇妙な安堵感を覚える。ステファニデス家につながるものは、今もなお彼女を脅かす力を持っている——それが不条理だとわかってはいても。九年といえば長い年月だ。ほんとうに長い……。

アンバーはちっちっと舌を鳴らし、手綱を振った。おとなしい気性の雌馬は草をはむのをやめて、アバディーンアンガス種の牛の群れの間を縫って静かに歩き始めた。むき出しの長い脚をしつこくねらっているはえをぴしゃりと打ち、アンバーはカリテス号のことは心の片隅に押しやった。

あと少しで家に着くというところで、牧場のマネージャーの家の前を通りかかった。マネージャーの妻のメリが、庭のポフツカワの木陰で赤ん坊をあやしていた。

「ちょっとお寄りにならない？　お茶をいれるわ」メリがアンバーに声をかけると、赤ん坊はきゃっきゃっと笑いながら太った手を差し出した。「ピーター、いけません、悪い子ね。馬に乗った人を見るたびに乗せてほしいってせがむんだから！」

アンバーは馬を木陰につないでから庭の親子のところに行った。身をかがめ、おむつを着けただけの赤ん坊を抱き上げる。「なんてかわいいの、ピーターは。アンバーと一緒にお馬さんに乗りたい？」

ピーターは喜びの声をあげ、小さな手をたたいた。

「わかったわ、坊や。ママとお茶を飲んだあとで、君をお馬さんに乗せてあげる」

メリはカップの縁越しに、笑いとかすかな同情の混じった視線を向けていた。アンバーは、メリが口には出さないものの、ニックのほかに子供を持てない自分にひそかな同情を寄せていることを知っている。アンバー自身、運命の不公平を憤ることもある。だが、自分を哀れむことだけはしなかった。どうしようもないのだから。子供が欲しかったら夫と正式に別れて再婚するしかないけれど、それは不可能だ。なぜなら、夫に自分の居場所を知られてしまうことになる。

時折、ハーレムさながらの愛人たちの存在をにおわせながら、アレックス・ステファニデスがかたくなに再婚を拒んでいる理由について憶測を巡らせている記事が目に触れ、アンバーは恐怖のあまり身がすくむことがある。もちろん、彼がまだ自分を求めていてそのために離婚しないのだと信じるほど、アンバーは無知ではない。そうではなく、もしも私を発見できたなら、優位な立場でこのうえなく精緻《せいち》な復讐《ふくしゅう》を実行できるように、アレックスは独身を守っているのに違いなかった。

もしも発見できたなら。そしてあの強大な権力と富を持つアレックスが、今日までアンバーを見つけられないでいる。彼女は巧妙な逃亡者なのだ。

「マットとニックから、何か連絡でもありました?」

アンバーはわれに返って答えた。「ニックが絵葉書をよこしたの。ちっとも寂しくないんですって。私と離れて過ごすのは初めてだっていうのに!」

子供たちの自立は自然なことで望ましくはあるけれど、やはり少し悲しいわねと、二人の母親はうなずき合った。

「あの人たち、いつ帰ってくるの? 主人が予定より延びるらしいって言ってたけれど」

アンバーは笑った。「ええ。マットはほんとうは牧場が気がかりなのよ。でもね、昨夜《ゆうべ》、一緒にクルーズに参加しているカイル・ベリンジャーの奥さんと電話で話したら、カイルは三週間グレート・バリアー・アイランドに滞在するつもりなんですって。マットと同じで、彼も休暇を必要としてるのね」

メリはうなずいた。「マットは働きすぎよ。ちゃんと休暇を取らなくちゃ。彼が三週間くらい留守にしたって大丈夫だと思うわ」

「私がここへ来てから、彼はまともな休暇を取ったことが一度もなかったの。週末にスキーを楽しむくらいで。九年間もよ！」

アンバーはいとこのマット・ダンカンと九年間、同じ屋根の下で暮らしてきた。そして友人や知人のほとんどが、彼らを恋人同士だと考えていた。メリはそう考えていない例外の一人である。

赤ん坊にビスケットを与えながら、メリは明るく言った。「タフな男って疲れを知らないのね。でも奥さんをもらったら、ペースを落とすんじゃないかしら」

「マットが？　自分が一日でも留守にしたら大切な帝国が崩壊するって信じている私のいとこが？」アンバーはにんまり笑った。「もちろん、彼が恋に落ちたら話は別よ。男って何をするかわからないもの。でももし彼が結婚を決めたら、私は出ていくわ。マットがどんなに引きとめてもね。一つ家の中に女が二人いるなんて、いたたまれないでしょ？」

ちょっと黙り込んだあと、メリは考え深げに言った。「私はマットが引きとめるのは正しいと思うわ。あそこは大きな家で部屋数も充分あるし、ニックもあなたもここが大好きなんですもの」

「うまくいきっこないわ」アンバーの断定的な口調がメリを驚かせた。アンバーは下唇をかんでいたが、静かに言い終えた。「私、経験したことがあるのよ」

「そうだったの。でも取り越し苦労することはないわ。マットは当分独身生活を放棄しそうな気配はないもの。ピーター、だめよ。アンバーがお茶を飲み終えるまで待たなくては」

赤ん坊はぺたりと座り込み、口を開いて泣きそうになった。しかし、その時一匹の猫が入ってきて、ピーターはそれを目にしたとたん、丸い顔をうれしそうに輝かせながら床をはっていった。

それから二時間近く、メリの手織りの布を見たりたわいないおしゃべりをして、アンバーは楽しい時を過ごした。白い船を見かけてから続いていた緊張はほぐれている。「そろそろ失礼するわ。私ががけから落ちたんじゃないかって、みんなが心配するといけないから。ピーター、お馬さんに乗る?」

「ほんとにご迷惑じゃない?」

「私がピーターを乗せたいのよ」

ピーターはもちろん大喜びだ。母親に抱き上げてもらうと声を放って笑い、馬の背中に落ち着いた。アンバーは片手で赤ん坊の胸をしっかり押さえると、メリにウインクしてから馬に跑足《だくあし》を命じた。放牧地まで行ったら馬の手綱を外してやり、そこから歩いてピーターを母親のところに連れて帰ってくるつもりだ。

チェックのコットンのブラウスの肩に巻き毛をなびかせ、ブルーのショートパンツからすらりとした褐色の脚をのぞかせたアンバーは、抱いている赤ん坊に負けないくらい若々しく見えた。彼女が二十六歳だとはだれも信じないだろう。

アンバーはピーターのお気に入りの童謡を歌った。回らぬ舌で彼が合わせようとするのを聞いて、思わず笑い出す。その時、彼女は心底幸福だった。

ヘリコプターのかすかな震動音に最初に気がついたのはいつだっただろう？　馬が両耳をぴくぴくそばだてた時か、ピーターが目を細めて南の空を見上げた時か？　アンバーはトタラの木陰で馬を止めると、ヘリコプターが松やユーカリの梢《こずえ》をかすめて低空飛行に移るのを、まゆをひそめて見つめた。だれが操縦しているのか知らないけれど、あれではロデオで荒馬乗りをしているカウボーイも顔負けだわ。

轟音《ごうおん》があたりの空気を揺るがせた。ヘリコプターは急旋回し、ほんの百メートルほど先に着地した。エンジンが切られ、回転翼がゆっくりと停止に入る。突然、ダンカン家を代表して訪問者を迎えるのは自分以外にいないことをアンバーは思い出した。

馬を促して日差しの中に進み出た時、二人の男がシートから飛び降りた。パイロットらしい男が機首の横で待機し、もう一人の男が青々とした牧草地を横切って近づいてくる。アンバーは一目でわかった——その男がだれなのか。どうして忘れることができるだろう？　世界は自分のものだと言わんばかりの自信たっぷりな歩き方。豹《ひょう》のようにしなやかな体つき。凶悪な殺人者を思わせる黒い髪と誇り高い海賊のような風貌《ふうぼう》。そして冷たく鋭い知性を内に秘めた人。そんな男は世界に一人しかいない。

アレックス・ステファニデス。アンバーの夫であり、彼自身は知らないが、ニックの父親でもある男。

恐怖のあまり、アンバーはその場にくぎづけになった。気がついた時には彼はもう目の前に迫っていた。残忍な笑みをたたえた口もとに白い歯が光る。ピーターが泣き声をあげ、おとなしい雌馬が初めて棒立ちになった。

悪夢の一瞬、アンバーは片手と両脚を使っておびえた馬を制しながら、残る手でピーターを抱えて落馬するのを防いだ。幸いなことに馬はすぐに落ち着き、はみをかんで静かになった。

「子供を渡しなさい」なまりのない低い声が、有無を言わせぬ口調で命じた。

裏切り者の後ろめたさを覚えながら、アンバーはむずかるピーターをアレックスの手に渡し、自分も馬の背から下りた。アレックスが手ぎわよく赤ん坊をなだめている間、アンバーは馬の肩にもたれかかって深く息を吸った。脈がおかしくなったように打ち、脚は今にもなえてしまいそうだ。

「その子を返して」ずいぶんたってから、アンバーはようやくそれだけ言うことができた。ピーターが、真ん丸い目で自分を抱いている男の顔を見上げ、無邪気に微笑した。天使のように。

笑顔は返されなかった。アレックス・ステファニデスは妻を凝視していた。彼の顔つきがあまりに残忍なので、アンバーは思わず小さな悲鳴をあげた。

「売女《ばいた》!」彼が究極の怒りを込めてののしった。そしてアンバーが後ずさるのを見て、薄気味の悪い微笑を浮かべた。「この子も、君の愛人が君に産ませたのか?」

ピーターの泣き声がアンバーに勇気を与えた。「あなた、赤ん坊を怖がらせているじゃないの!」

アレックスは初めて腕の中の小さな顔に視線を落とした。荒々しい怒りの色がふっと消え、無表情でピーターを差し出した。「返すよ」

アンバーは赤ん坊を抱きしめて顔をそむけると、働きの鈍った頭で懸命に考えた。ピーターを自分の子供だと偽るのは危険かもしれないが、真実を告げるほうが危険はもっと大きいだろう。アレックスがどんな目的でやって来たにせよ、私を幸せにするためではないはず。私が彼に対して持っているただ一つの盾は、彼がギリシア人の例にもれず子供好きという点だ。彼は子供たちを愛し、彼らを傷つけるようなまねはしないだろう。

のだ。

「もちろん、君さ」彼はけだるい口調で答えたが、それにだまされるようなアンバーではない。アレックス・ステファニデスがものうい倦怠感《けんたい》を漂わせる時、彼はもっとも危険なのだ。

アンバーは全身に寒気を感じ、震えそうになるのを必死でこらえた。「遠くから来ていただいたのに残念ですけれど」彼女は自信たっぷりに切り出した。「あなたに申し上げることは何もありませんわ。離婚を望んでいらっしゃるのでないかぎり……」

彼は血も凍るような冷酷な笑みを浮かべた。「いや、僕は離婚は望んでいない。今のところは。それにね、僕のかわいい奥さん、君は僕にたっぷりしゃべることになるだろうよ。君が僕に哀願する声を聞くのが、とても楽しみだ」

「そんなことをするくらいなら、あなたを地獄へ落としてやるわ!」

アレックスの手が無慈悲に彼女の肩をつかんだ。「それは違うよ、アンバー。地獄に落ちるのは君のほうだ。僕は君を解放する前に、たっぷり地獄の苦しみを味わわせてやるつもりだから。そのあとで君は初めて息子と恋人のところに帰れるってわけさ。ま、僕が君を捨てた時に、彼がまだ君を欲しがっていればの話だがね」

アンバーは心臓が止まりそうなほどおびえていたが、どうにか言い返した。「虚勢を張っているのね。私を力ずくで連れていくことなんかできないわ……」

「何がお望みなの?」

「どのくらい愛してるんだ？　いとこであり恋人でもあるマット・ダンカンというやつを」

アンバーははっと顔を上げて、探るように相手の顔を見つめた。アレックスはまだ微笑していたが、唇の冷酷なゆがみが笑いを裏切り、濃いまつげの下で灰色の瞳が死を思わせるほど非情に輝いている。

「それが……いったいどんな関係があるっていうの？」

アレックスはアンバーの胸に顔を埋《うず》めているピーターの黒っぽい巻き毛に手を触れた。

「君はいい子供たちに恵まれているね。かわいらしくて元気いっぱいだ。上の坊やの写真を見たが、君にそっくりじゃないか。この子はだれに似てるのかな？　君はもちろん、子供たちが父親の財産を相続するよう願っているはずだな。彼は資産家なんだろう？　この牧場のほかにもあちこちに農場や果樹園を持ち、それに投資もしている。僕はそれらを全部、無にすることができるんだよ！」彼の手がピーターの巻き毛から離れ、アンバーの濃い蜂蜜色の髪をもてあそんだ。彼女の額に汗が噴き出したのを認めると、にっと笑って体を引いた。そして、ささやくように続けた。「ま、僕が売春婦のような君を味わいつくした時には、僕への借りを返したと認めてやってもいいがね」

「ここはニュージーランドなのよ」アンバーはばかげた脅しに吐き気を覚えた。「あなたの思いどおりにはできないわ」

アレックスは笑い声をあげた。耳障りな声にピーターがびくっと体を震わせ、おびえた目を彼に向けた。「僕の思いどおりにできないことなどないのさ。ニュージーランドだろうがニューヨークだろうがね！」

たぶんそうなのだろう。アンバーは彼の言葉を信じるほかなかった。みじめな結果に終わった短い結婚生活を通して、彼が軽々しく脅迫などする男でないことはわかっている。彼は冷徹な意志力を持ち、ステファニデス財閥の長として無限と言ってもいい権力を握っている。彼がマットを破産させることができると断言したら、事実できるのだ。どうしたらいいのだろう？　この絶望的な状況のもとでただ一つの救いは、彼がまだ、ニックが自分の息子だということを知らない点だけれど。

「そう？　じゃあ私は何を耐えなくてはならないのかしら？　その……地獄で。そして、どのくらいの期間？」アンバーは努めて平静な声できいた。

彼の瞳に広がった冷ややかな満足の色が、アンバーの心に激しい痛みを引き起こした。彼はアンバーが屈服するのを予期していたのだ。アレックス・ステファニデスに逆らう者は少ない。彼は抵抗されるのに慣れていないのだ。どんな男からも。あるいは女からも。

だが同時に、アンバーは彼の瞳がかすかに曇ったような気がした。それともそれは思いすごしだったのか？

彼は静かに答えた。「短い期間さ。僕が君に飽きるのには長くはかからないはずだよ。

もちろん、君の恋人が休暇から帰ってくる前だとも。僕たちは情熱的な休日を過ごし、それを最後にお互い二度と会うことはないってわけだ」

「まあ、なんてうぬぼれ屋なんでしょう！　私があなたとそんなふうにベッドをともにするとでも思ってるの？　あなたの女の一人じゃあるまいし」

「もちろん君は僕の女の一人さ」彼は目を細くして断定した。「僕の妻じゃないか。君は周りから尊敬され、僕の子供たちに囲まれて安定した人生を送れたはずなのに、それを捨てて僕を侮辱したんだ。今となっては、君は愛人並みの扱いを受けて当然というものだ」

いらだちと憤りと恐怖のために、アンバーは叫び出しそうだった。体が抑えようもなく震えた。しかし彼女はピーターをしっかりと抱きしめ、できるだけ冷静に言った。「あなたの愛人たちは自分の意思でハーレムに加わったんだと信じていたけれど、間違ってたのかしら？　あなた、彼女たちを脅迫してベッドに連れ込まなくてはならなかったの？」

彼はギリシア彫刻に見られるような微笑を浮かべた。「いや、そんなことはないさ。僕は一度もいやがる女を無理強いしたことなどないよ。君だって力ずくでものにするつもりはないから安心したまえ。君のような女を誘惑するのはいともたやすいことさ。九年前の君はとても感じやすかった。僕たちが結婚した時、君はいくつだったっけ？　十七？　夢見がちで情熱家の女学生。無邪気でひたむきで恥ずかしがり屋で、みんなの関心の的になっていなければ気がすまない、わがままな子供だった。結婚生活の現実にいや気がさすのに、たった五カ月しかかからなかった。僕が自分の持ち物は飽きるまで絶対に手放さないたちだということを学ぶには、短すぎたようだね」

「あなたは復讐を望んでいらっしゃるのね」

「おそらく。あるいは、僕が君と最後に愛を交わしたあと、君の恋人が君にどんなことを教えたのか、知りたいだけなのかもしれない」

彼の邪推が不愉快で、アンバーは胸がむかむかした。しかし彼の言い分もわからないわけではない。マットはたくましい美貌の持ち主であるうえに、私と同じ屋根の下で暮らしているのだから。二人がいとこ同士だということも、マットが外でほかの女性たちとつき合っている事実も、人々のゴシップを防ぎきれなかった。初めのうちは根も葉もないうわさに怒ったアンバーだったが、何年かたつうちに真実をわかってくれる友人ができ、今では他人がどう考えようがほとんど気に留めていなかった。

それに正直に言って、ニックの父親はマットだとする誤解はありがたかった。ほんとうの父親からニックを守る盾の役目を果たしてくれたからだ。

マットに対する愛情は揺るぎないものだ。彼は九年前、それまで一度も会ったことのなかったアンバーを快く迎え入れてくれた。アレックスに発見されたら彼自身の身にも危険が及ぶと説明されたにもかかわらず。そしてアンバーが妊娠していると告白した時も、彼女を追い出すことなど考えもしなかった。

このことでは、アンバーは亡き母に感謝しなくてはならない。母は父の命令にそむいて、父が嫌っていた甥《おい》のマットとひそかに接触を保っていた。〝アンバー、ニュージーランドにいるマット・ダンカンはあなたのただ一人の血縁者なの。彼がいることを忘れてはだめよ〟母は心臓発作で亡くなる二、三カ月前に、アンバーにそう告げたのだった。

「なんて汚らわしい！　あなたは貞節を大切に考えていらっしゃると……」

「僕の妻ならね。しかし、貞節な愛人がなんの役に立つんだい？」アレックスはアンバーのほおに血が上るのを眺めて冷笑した。「男が愛人に求めるのは、ベッドの上での技巧と奔放さだ。君はいとこにいろいろ教えられたに違いない。君はここへ来た直後から彼とベッドをともにしてるんだからな。君の上の息子は、僕と君が最後に愛し合った夜からたったの十カ月後に生まれてるんだ！」

安堵のあまり体じゅうの力が抜けて、アンバーはピーターの巻き毛に顔を埋めた。アレックスは、私がイギリスから、そして耐えられなくなった結婚生活から逃亡する前夜、ロンドンの父の家で愛し合ったことをすっかり忘れているらしい。あの夜の彼はかなり酔っていたから。

そのうえ幸いなことに、ニックの容貌は母方の血筋を濃く引いている。灰色の瞳以外に彼をギリシア人の父親と結びつけるものは見当たらない。マットと一緒にいるところを見た者は、だれもが彼をニックの父親だと思い込むのだ。

ピーターがもがいた。アンバーは本能的に笑みを浮かべて赤ん坊の顔をのぞいた。「ほらほら、ピーター、笑ってごらん。じきにおうちに帰りましょう……」

「君のところには家政婦がいる」

「それで？」

「その子を家に連れて帰ったら、君は僕と出かけるんだ」

「そんな……。ちょっと待って……」

アレックスはじりじりと距離を縮めると、アンバーを馬の肩に押しつけた。「僕は待ったよ、九年間。これ以上待つつもりはない。君がいい母親だということは認めるが、その子を連れていくのは許さないよ。君の気が散っては困るんでね。その子は家政婦に預けるんだ」

「アンバー！」少しおびえたようなメリの声が背後に響いた。赤ん坊がびくっとし、両手を広げて母親の方に身を乗り出した。

アレックスはメリを素早く眺め回すと、軽蔑《けいべつ》のまなざしをアンバーに向けた。「嘘《うそ》つき！」低くののしる。

アンバーはそれを無視して、きゃっきゃっと笑っているピーターを母親の手に返した。

「坊やに怖い思いをさせてしまったかもしれないの。ヘリコプターが着陸した時、馬が棒立ちになってしまって」

「ああ、神さま！」メリはピーターをひしと抱きしめた。

アレックスがもの柔らかに口を挟んだ。「ご心配なく。坊やは楽しんでいましたよ。私はその場に居合わせたんですが、ちっとも怖がってはいませんでした」彼はアンバーの緊張した顔をあざ笑うように見てから、にこやかにメリに片手を差し出した。「私はアレキシス・ステファニデス。アンバーの夫です」

メリはあっけに取られたようだったが、すぐに自分を取り戻し、握手を交わした。アレックスはメリの手を唇に押し当てて、またもや彼女を狼狽《ろうばい》させる。アンバーは怒りに体をこわばらせて、その場に立ちつくしていた。ロマンチックな夢をかきたてるあの甘い微笑と瞳のきらめき——女性の扱い方は今も変わっていない。

メリは当惑した表情でアンバーの仮面のような顔を見てから、あわてて答えた。「はじめまして。あの……長く滞在なさるご予定ですの、ミスター・ステファニデス？」

「残念ながらほんの数分だけです。わたしはアンバーと何日か一緒に過ごすために彼女を迎えに来たんです。すぐに出発しなくてはなりません」

メリは心臓が止まるほど驚いたが、勇敢に食い下がった。「まあ、そうでしたの。どちらへいらっしゃるんですか？」

アレックスはいたずらっぽく微笑して言った。「二度目のハネムーンへ」伏せたまつげの下で、灰色の瞳が二人の女性の抗議を予期するようにうかがっている。

「冗談はよして、アレックス」アンバーは警告を浮かべた彼の顔をひるまず見つめたが、彼はメリ夫婦の人生をも破滅させる力を持っていることを思い出して、しぶしぶ言い添えた。「メリは私よりも前からここで暮らしていて、あなたと私が九年間別居していることも知っているのよ。メリ、私と彼、話し合わなくてはならないことができたの」

アレックスはむっつりと黙り込んだ。メリは不安そうな顔つきで二人を交互に眺めてからうなずいた。

「アンバー、どのくらい留守にするつもり?」

アレックスは気味が悪いほど穏やかに言った。「わたしには人を殺す癖はないからご安心ください。アンバーがわたしに協力して予定の仕事をやり終えたら彼女をここへ戻しますよ。五体満足な体でね」

彼がそんな話し方をする時、あえてそれ以上追及する者はいない。メリは後ずさった。そしてアンバーに同情のこもった視線を向けると、最後の勇気を振り絞って言った。「マットがあなたに連絡を取りたいって言った時は、どう答えたらいいの?」

「彼には何も言ってはいけない」アレックスが叫ぶ。

アンバーは自分を励まして静かに言った。「マットには黙ってて。彼が休暇から戻ったら、私が自分で話すわ。でも、もし緊急事態が起きて、あなたが私に連絡を取らなくてはならなくなったら……」彼女はアレックスの方を向いた。「メリは私にどうやって連絡すればいいの？」

アレックスは恐ろしい目つきでアンバーをにらんでいたが、彼女の言い分ももっともだと納得したらしく、ポケットから手帳を出し、ゴールドのペンで何か書くと、そのページを破ってメリに渡した。「それはオークランドにあるわたしの会社の支店の電話番号です。リーソンという社員に話してくだされば、彼がわたしに連絡してくれますから」

ピーターがむずかった。アンバーは内心とは程遠い落ち着きを装って言った。「帰ってきたら、うかがうわね。じゃ、さようなら、メリ」

メリは下唇をかみ、アレックスの彫刻のような美貌と、アンバーの青ざめてはいるが勇気あふれる顔を見比べた。「休暇を楽しめるように祈ってるわ、アンバー。それじゃ、失礼します、ミスター・ステファニデス」

メリが行ってしまうと、アンバーとアレックスは再び敵同士のようににらみ合った。

「行こうか」アレックスが冷ややかに促す。

怒りだけが恐怖を忘れさせてくれる。アンバーは自ら怒りをあおった。「気がおかしくなったの？　私、着替えを準備しなくてはならないし、家政婦のジェーン・クロフォードにも出かけるって話さなくてはならないわ。それから……」

「着替えは必要ない。僕が用意してある。それに僕が覚えているかぎり、君は黙って家を出ていくのが得意だったと思うが」

「でも私、ここから逃げ出すわけではないから」

「確かに。しかし、あのかわいいメリが家政婦に君が出かけたと話すさ。連れがだれかということも」

追いつめられた野生の動物のように、アンバーは絶望的な恐怖を感じた。彼女は茫然《ぼうぜん》と馬の背から鞍を外し、フェンスの柱に引っかけた。アレックスはズボンのポケットに手を突っ込み、女奴隷の仕事でも眺めているように平然と突っ立っている。手綱を取ってしまうと馬はいななき、長い鼻先をアンバーにかいてもらってから、とことこ走り去った。

アンバーが馬の後ろ姿を目で追っていると、アレックスが低い声で言った。「なぜあの子が君の息子であるようなふりをしたんだ？」

「それを否定するチャンスが私にはなかったでしょ」アンバーは振り向いて答え、望みはないと承知していながら口を滑らせた。「アレックス、私たち、分別のある大人同士として話し合えないかしら？」

彼は冷笑した。「君は僕に哀願することになるって言っただろう？　思ったとおりだ。分別のある大人同士としてだって？　それは無理だな。君には分別があるかもしれないが、僕はギリシア人だ。ギリシア人が得意なことの一つは復讐でね」

「そして傲慢《ごうまん》」

「うぬぼれのために罰を受けるはめに陥るなら、それもしかたがないさ。僕は少なくとも、君が僕への借りを払う気があったという満足を得られるだろう」

アンバーの顔から血の気が引いた。しかし絶望を声に出さないように淡々と言った。

「そうですか。じゃ、約束は守ってくださるのね?」

アレックスはうなずき、まじまじと相手を見つめた。アンバーは打ちひしがれた様子でうなだれ、地面に視線を落としている。しかし次の瞬間、彼女は顔を上げ、黄金色の瞳をきらめかせて彼を見据えた。緊張の時が流れた。彼女はちょっと首を傾けた。

「いいわ」

「僕を信じるのか?」

「ええ。あなたが私の借りを帳消しにするって約束してくださるのなら」

アレックスの唇がゆがんだ。アンバーのナイーブさを冷笑したのか、それとも心の中の邪悪な想念に思いをはせているのか、彼女には見分けがつかなかった。「じゃ、行こう。パイロットが待ちくたびれてるだろう」

ヘリコプターは森の上に舞い上がり、農地を越えて、海岸から青く輝く入江の上に出た。カリステ号に降下するのではないかというアンバーの予想を裏切り、小さな島に着いた。

アンバーはその島のことを知っていた。入江の中のほかの島々とは違って、その島には開発の手が入っておらず、今もまだマヌカの木が生い茂っている。二、三カ月前に持ち主が変わり、地元の新聞が新しい所有者について憶測を巡らせていた。

しかしアレックスの名前が表に出たことはなかった。あの時、彼はもうアンバーの居場所を突き止め、ひそかに復讐の筋書きを練っていたのに違いない。一挙一動を彼に雇われた探偵に監視されていたかと思うと、冷たい汗が噴き出した。何よりもそのことが彼女をおびえさせた。

ヘリコプターが、やぶを切り開いて作った発着所に降下していく間、アンバーは身を硬くして座っていた。近くに一つだけ建物が見える。本土を北西に望むように建てられた家だ。

スキッドが地表に触れたとたん、アレックスは素早い身のこなしで飛び降り、アンバーのウエストを両手でつかんで引きずり下ろした。二人は頭を下げて翼を避け、木陰に走り込んだ。ヘリコプターはまたすぐに舞い上がり、かすかな爆音を残して大空に吸い込まれていく。

「ようこそ、僕の島へ」アレックスの顔がさっと下りてきて、荒々しく彼女の唇を奪った。

2

あれはせみの声だわ。アンバーはアレックスの腕の中でぼんやり考えた。じいじいと甲高い音が執拗《しつよう》に続き、かろうじて平静を保っている彼女の神経をぎりぎりと締めつける。アンバーはアレックスに抵抗するのをあきらめ、目を大きく見開いたまま、長い年月の間に忘れかけていたものを全身で思い出していた。彼の体は熱く硬く、かすかに潮の香を思わせる男っぽいにおいがする。

荒々しい抱擁の手が緩んだすきに彼女は顔をそむけようとした。だが、「僕を見るんだ」と命じられ、ゆっくりと視線を上げて相手の顔をのぞき込んだ。

彼に求められているとわかったら、救いがあっただろう。だがアレックスはいつも意志の力で情熱を抑えることができ、今も例外ではなかった。グレーの瞳は煙ったように濁っていたが、唇には薄笑いをたたえていた。肉体の喜びではなく地獄の苦しみを約束する笑いだ。

「君は僕を恐れていないね」アレックスは長い指でそっとアンバーの唇をなぞった。「変わったものだ。結婚したてのころの君なら、今ごろはべそをかいて許しを求めていただろうに」

「それがお望みなの？　九年たったのよ、アレックス。大人にもなるわよ。あなたの周到な復讐《ふくしゅう》計画に、私がひざまずいて許しを請う場面も入っていたのだとすれば、お気の毒だけど当て外れだわ」

「かまわないさ。今の君は相手として不足はない。君のその自尊心をへし折るのは、楽しみな挑戦だ。悪くない獲物だよ」

薄笑いから彼が本気だということが見て取れる。アンバーはふいに唇が乾くのを感じた。

「で、手始めにどうなさるおつもり？　あなたのうぬぼれ心をくすぐるには、あなたの前でおびえて震えてみせればいいのかしら？」

アレックスはにんまり笑った。「とんでもない。腰砕けの相手をやっつけて何が楽しいものか」

「じゃあ、どうなさるおつもり？　私をむちで打つとか？」

「いや、そんなことはしない。拷問は趣味に合わないんでね」彼は親指で彼女の下唇を押し下げ、熱い息を吹きかけた。「作戦は秘密だよ、アンバー。君が守りを固めてはやっかいだからね。さあ、君の牢獄《ろうごく》へ案内しよう」

背筋に冷たいものが走ったが、アンバーはそれを無視して、彼に手を取られて家に続く木陰の道をたどっていった。

「とても美しい牢獄だわ」家を見て彼女は思わず言った。「自然の木をそのまま庭に生かしてあってすてきね。建物と周囲がうまく溶け合っているわ」

「優秀な造園師の仕事だね」アレックスは興味なさそうに答えると鍵穴《かぎあな》にキーを差し込んだ。

家の中は清潔ですっきりと片づき、涼しかった。壁は淡いブルーで、少し濃い色調のブルーのカーテンがかかった窓から、入江ともう一つの島、その向こうの本土へつながる壮大な景色が見渡せる。

ほかの部屋も簡素な造りだった。広い寝室にはグリーンとブルーとゴールドのししゅうが施されたギリシア織物のカバーがかかったベッドが一つあり、化粧室とバスルームにつながっていると思われる扉があった。居間の反対側はキッチンになっていて、窓からはやはりすばらしい眺めが見える。どの部屋にも大きなガラス戸があり、家の正面についている広いテラスに出られる。つたをはわせたあずまや《パーゴラ》は、涼しそうな陰を作り、夏の日をのんびり過ごせるように椅子や寝椅子が並べてあった。

「コーヒーでもいれよう」アレックスが事務的な口調で言った。「君、暑そうだね。シャワーを浴びるかい？」

馬のにおいと汗のにおいにまみれているのではないかしら？　アンバーは急に恥ずかし

くなって、扉の一つを開けた。思ったとおりそこはバスルームになっていた。フックにかかっていたバスローブを取ると、シャワーの栓をひねり、着ていたものを床に脱ぎ捨てた。

私、さほどおびえていないわ。なぜかしら？　冷たいしぶきの下で、アンバーは自分の気持を分析しようと試みた。ステファニデス財閥を率いる男の洗練された外見の下には、荒涼としたギリシアの山地をさまよう無法者の血が流れている。自分たちの持ち物を奪おうとする敵に対しては、飢えた狼《おおかみ》のように襲いかかる。アレックスにもその非情さと冷酷さがそなわっていた。そのおかげで世界でも有数の大企業のトップとして成功している、とも言えた。

アンバーは心の奥底で、いつかは彼に見つけられてしまう、誇り高い彼の面目を汚した代償はきっと払わなければならない、と思い続けてきた。そして、その思いが彼女を強くしたのだ。

大切なのは彼に息子がいることを隠しとおすことだ。アレックスにニックを奪われてはならない。女をいけにえか人形のように扱うあの野蛮な風習に染まらせてはならない。ニックには女性を尊敬する男になってほしい。そしてほんとうの愛情と理解に基づく結婚をしてほしい。ニックの父親の腕の中で私が知った、目くるめく性の陶酔だけという結婚でなく。

気がどうかしたようなあの情熱の日々も、アレックスにはなんの意味もなかったのだ。

新婚の二、三週間、アンバーは激しくも甘い愛の行為におぼれ、幸せの絶頂にあった。そして、りっぱな結婚生活を築き上げて離婚率やゴシップ欄の記者の鼻をあかすことだってできる、と信じていた。そんな時、アレックスの継母がさりげないふうを装って告げ口したのだった――アレックスには愛人がいる、それもあまり遠くないイラクリオンに家を一軒持たせている、と。

アンバーは継母の言葉を信じなかった。信じられなかった。ロマンチックな夢に胸をふくらませた十七歳の少女だったから。ベッドの中でのアレックスの巧みな愛し方が、豊富な経験によるものなどとは考えたこともなかった。だからアンバーはアレックスを責めてた。アレックスは継母に腹を立てたが否定はしなかった。

アンバーは無意識に顔をゆがめた。裏切りの苦い味が今でもまだ残っている。彼女は泣き叫び、実家に帰ると訴えた。アレックスは優しく理性的だったが、笑って取り合わなかった。そして抵抗したにもかかわらず彼女を愛し、辱しめた――アレックスに教え込まれた体は、彼女の意思とは関係なく、生来の激しい情熱で彼に応《こた》えてしまった。

しかしアンバーの心は屈服しなかった。何週間も彼女の抗議が静まらないのを見て取ったアレックスは、ついに怒りを爆発させた。グレーの目をつり上げ、それまでの理性的な態度をかなぐり捨てた。〝君に妻としての役目を果たすつもりがないのなら、言いなりになる女のところへ行く〟と言い放った。〝君が僕の前に来て頼むまでは、決して君に触れない〟とも。冷たい侮蔑《ぶべつ》に満ちた口ぶりだった。彼によって目覚めさせられた官能の火に、彼女があえなく身をゆだねるだろうと予期しているかのように。

彼の不貞行為そのものよりも、その言葉でアンバーは夫の女性蔑視に目が開かれた。ほかの女と分け合ってでも彼女がアレックスなしではいられないはず、と彼は本気で信じていた。そして時折彼女に触れ、着るものや宝石やぜいたくな暮らしを与えておけば充分ではないか、とも考えていた。

彼の言いなりにはなるまい。アンバーはそう決心した。丸一カ月、大きなベッドをともにして渇望に身を焦がしながらも、彼女は無関心を装った。

そしてその間もアレックスは愛人のもとに通い続けたのだった。

あんな屈辱はなかった。だが、ほかに行く当てもなく自活の手段も持たないアンバーは、自分の境遇に甘んじるよりほかなかった。母は一年前に亡くなっていたし、父が救いの手を差し伸べてくれるとは思えなかった。ところが、それから一カ月もたたないある日、義母が通りで夫の愛人のガブリエル・パトウを指さして教えてくれたのだ。アンバーは、自分の若々しさをもってしても太刀打ちできない妖《あや》しい美しさを、そのフランス人女性の姿に認めた。しかしアンバーを打ちのめしたのはその美しさではなかった。その女性が身ごもっているという事実だった。

アンバーの怒りと屈辱は憎しみに変わった。そしてひそかに逃亡の計画を練り始めた。

数週間後、アレックスとアンバーはロンドンに出かけてアンバーの父親の家で一夜を過ごした。翌朝アレックスは所用でニューヨークに飛んだが、二十四時間後には奔放な恋愛ざたでゴシップ欄をにぎわしている女性とナイトクラブで仲むつまじく並んでいる写真が新聞に載った。

絶望に打ちひしがれたアンバーは、地球の反対側に住むいとこを頼って逃げ出したのだ。その前夜、夢うつつのアレックスに荒々しく愛されて、彼の子供を身ごもったことも知らずに。

幸せを取り戻すのに長くはかからなかった。陣痛で苦しみはしたが、息子を自分の腕に抱いた時、彼女はニックのために自分のすべてをささげると誓った。マットの押しつけがましくない愛情に包まれて、快適な牧場での生活にアンバーは幸せを見いだした。だが今にして思えば、満ち足りた日々の中で、心のどこかに不吉な予感があった。アレックスがこのまま黙っているはずはない、という思いが。

でもあれでよかったんだわ。アンバーはシャワーの栓を閉めながら考えた。九年間も平穏に暮らせたんだもの。アレックスが復讐を果たして気がすんだら、また自由になれる。自分が思ったほどそのことに不快感を抱いていないのに気がついて、アンバーは狼狽《ろうばい》した。

キッチンに入ったとたん、コーヒーの強い香りが鼻をくすぐった。ギリシアコーヒーは九年ぶりだ。

アレックスは窓辺にたたずみ、入江に行き交うヨットを眺めていた。アンバーが入っていくと振り向き、彼女のぬれた髪やバスローブのすそから伸びる日焼けした長い脚へ、ゆっくりと楽しむように視線をはわせた。

アンバーはほおが熱くなるのを感じたが、さりげなく言った。「ほかに着るものが見つからなかったの。私が着てきたものは馬のにおいがするし」

彼は驚いたようにまゆを上げた。「相変わらず潔癖なことだ。化粧室に君の服を用意してあるよ」

アンバーがうなずいて戻りかけるのを、アレックスが引きとめた。「コーヒーを飲んだらどう？　僕のバスローブからイギリス娘の長い脚がのぞいてるなんて、なかなかいい眺めだ」

「長い脚っていえば」アンバーは澄ましてきいた。「ガブリエルはお元気？」

広い肩をちょっとすくめただけで、彼は表情を変えなかった。「ああ、元気だ」

「赤ちゃんは？　女の子でしたの？　それとも男の子？」

「死んだよ」彼は冷たく答えた。「男の子だった」

アンバーは唇をかんだ。そして心から言った。「お気の毒に。お二人ともどんなにかおつらかったでしょう」

「君が本気でそう考えているとは信じられないな」

コーヒーは思ったよりおいしかった。「本気ですわ。子供を亡くすなんて、女にとってはいちばんつらいことですもの」

アレックスは口もとを引きしめて目を伏せると、皮肉たっぷりに言った。「僕の愛人を気づかってくれるとは、どういう風の吹き回しなんだ？　僕の記憶では、君はあの女性をあからさまに憎んでいたと思っていたが」

「長い間彼女のことを憎み続けてきたから、今はせめてお幸せを祈りたい気持なの」

「それで」彼は低く押し殺した声できいた。「いったい、いつから憎しみが消えたんだ？」

アンバーはコーヒーをすすった。おびえまい、と心を決めていた。「彼女も私と同じ被害者だということに気がついてからよ」

アレックスの尊大な顔つきに一瞬驚きの色が見えたが、それはすぐに冷たい薄笑いに変わった。「君は僕の犠牲者だったと言うつもりか、アンバー？　そんなばかばかしいことを考えていたとは、恐れ入ったね」

「少し違うわ。私は、私自身のロマンチックな夢の犠牲者だったの」何も知らない女学生だった自分を思い出して、アンバーは自嘲《じちょう》するように肩をすくめた。「私、女性にとっては愛がすべてだと信じていたの。ずいぶんナイーブだったと思うわ。あのころは父が派手な浮気をしていることだって知らなかった。母はうまくうわべを取りつくろっていたし。私がもし知っていたら、あんなに父の気に入られようと努めはしなかったんじゃないかしら。あなたと結婚したのはそのためでもあったのよ。あの時、生まれて初めて、父は私のしたことを気に入ってくれたわ。ところが、だれも結婚というゲームのルールを教えてくれなかったわけ」

「君は僕の同情を買おうとしているのか？」

「とんでもないわ！　自分を哀れむのはもうたくさん」アンバーは彼の横顔に苦い笑顔を向けた。「父を喜ばせたかったこともあるけれど、私自身、愛だと信じたものに夢中でのめり込んでしまったんですもの」

「だが君は、それが愛ではなかったことにすぐ気がついた。僕たちが最後に愛し合ってから一カ月とたたないうちに、君はもういとこに抱かれた」まるでお天気の話でもしているように彼の声は平静だ。

アンバーは口を開きかけ、次の瞬間ぎゅっとまた閉じた。もう一口コーヒーを飲む。やはり彼は覚えていなかった——ロンドンの父の家で過ごした夜を。だが、彼がニックの父親であることを隠すには好都合だ。

「そう、愛と呼べるほどのものでもなかったのさ」ややあって、彼は相変わらず露骨な視線をアンバーに向けたまま言った。「君は愛を知らないんじゃないのか、アンバー。のどの奥から漏れるあえぎ、激しい陶酔のうめき、バッカスの巫女《みこ》のような奔放で大胆なしぐさ——相手はだれだっていいんだろう？」

挑発的な言葉に、アンバーは腰のあたりや胸のふくらみが熱くなるのを感じた。両手を強く握りしめ、彼に見透かされるのを恐れて急いで解いた。だが彼は気づいていた。含み笑いをしてテーブルに座っている彼女の方に豹《ひょう》のように近寄ると、親指で彼女の口もとをなでながら下唇を押し下げた。

アンバーは燃えるような視線を敢然と受けとめた。彼の手が探るように滑り下り、長い指が細いのどに巻きついた。

「百年前なら、君の首を締めても驚く者はいなかっただろう。当たり前、いや夫を裏切った妻に対する勇気ある行為とさえ考えられていたんだ。今だって君の裏切りを厳しく罰してやりたいという僕の気持を、男ならだれだってわかってくれるはずだ」

アレックスの指に力が込められた。アンバーは耳鳴りを感じながらも言い返した。「女が品物のように扱われる時代は終わったのよ、アレックス。私はあなたのものではないわ。一度だってあなたのものだったことはない。私の体は、洞穴に隠しておけるようなあなたの持ち物ではないの。それにニュージーランドで私を締め殺したら、あなたが振り回してる権力をもってしても、牢から出ることはできないわ」

皮肉たっぷりに笑うと、アレックスは彼女を放した。「そのとおり。幸いなことに、僕には君を殺す気はないよ。しばらく好きなようにもてあそぼうと思っているだけさ。だが今じゃない。仕事のあとだ」

そしてアンバーを侮辱したことなど忘れたかのように、彼は口笛を吹きながらキッチンを出ていった。

アンバーは怒りにほおを引きつらせてその後ろ姿を見つめたが、立ち上がってカップを洗ってから寝室に戻った。大きなベッドの方は見ないようにして化粧室に通じるドアを探した。なるほど、壁面いっぱいの棚や引き出しには彼女のために注文した服が詰まっていた。

サテンや絹、上等のコットンなど最高級の素材を使ったものばかり。しかし二、三枚試着したあとで、アンバーはさっさとバスルームに戻り、さっきまで着ていたコットンのシャツとショートパンツ、ブラジャーや下着を洗った。アレックスが用意した服には、私に対する軽蔑があからさまに表れている。女の性的な特徴が強調されるような、ぴったり体にフィットして胸もとが深くくれたデザイン。あんなもの、絶対に着ないわ。彼女はそう決心した。

怒りに身を震わせながらキッチンから裏口に出て、物干しを探した。植え込みの間を縫って小道が続き、その先に伸びほうだいの芝生があって、真ん中に回転式の物干し台があった。腹立ちまぎれに洗濯ばさみを突き立てるようにして服を干した。

かっかとしたまま、アンバーはいまいましいローブのすそを茂みの枝に引っかけながら、ビーチに続く小道を下りていった。砂は淡いピンクがかったベージュ色で、はだしの足に熱かった。小さなビーチは岩礁に囲まれているために大きな船は出入りできず、完全なプライバシーが保たれている。百メートルばかり沖にいかだが浮いていた。アンバーはローブを脱ぎ捨てると水に飛び込み、力強いクロールで、いかだを目差して泳いだ。

いかだに上がると足を組んで座り、水面に視線を凝らした。しばらくはアレックスにわずらわされなくてすむとわかっている。彼は何時間も仕事に熱中するたちだから。

太陽がじりじりと肌を焼く。アンバーはしぶしぶ立ち上がり、きれいな弧を描いて水に飛び込んだ。今夜待ち受けていることは考えないように努めて、水と戯れる。彼女はしばらく無心の時を過ごし、岸に戻った。ビーチに上がるとぬれた巻き毛をかき上げ、顔を空に向けて目を閉じ、太陽の光がまぶたを通して赤く燃えるのを楽しんだ。

「あっ」ほおに手が触れて、アンバーは小さな声をあげた。驚いて目を開け、アレックスが仕事にかける時間を甘く読んでいたことを悟った。彼女は身を縮めるようにして一歩後ずさった。

その本能的な動作が相手の欲望をいっそうかきたてることに気がついた時には、アレックスの手はアンバーの腿と胸に伸びていた。

憤りに息が詰まった。またもや自分の夫であるこのギリシア人を軽く見すぎていたことを思い知らされた。文明人としての節度を期待していたのだが、そんなものは彼にとってはめめしい弱者のたわごとだったのだ。長い指がはい回り、そして離れた。

「やめておこう。君を傷つけたくない」彼はしわがれ声で言った。

「そのつもりかと思っていたわ」

「僕にだって複雑なところがあるのさ。認めてもらいたいね」アレックスはあいまいに言って身を引いた。

あまり心休まる返答とは言えなかった。アンバーは、彼が複雑な人間であるということは充分承知していた。彼女は初めてほんとうの恐怖を感じ、不安を彼に気づかれないよう、急いで目を伏せた。

アレックスは感嘆のまなざしであたりを見回して言った。「ここは故郷を思い出させるなあ。水は暖かい？」

バスローブに身を包んでからアンバーは答えた。「いいえ。それに、ここはクレタ島のようには暑くならないわ。でも気温はけっこう高くて、乾燥したら気持のいい夏になることもあるのよ。今年の春はたっぷり雨が降ったから牧草もよく茂ってるわ」

アレックスはうなずいて、手の甲で彼女のほおに触れた。「少し日焼けしたな。バスルームに日焼け止めクリームがあるから使うといいよ。日陰で待っていてくれ、僕も泳いでくる」

静かな命令口調にアンバーはむっとした。しかし黙ってポフツカワの木の下のひんやりした砂地に腰を下ろし、ひざを抱えた。彼が服を脱いで裸になり、獣のようにしなやかに砂の上を横切っていくところは、できるだけ見ないようにした。

九年という年月が、かつてはほっそりしていた体にいくらか厚みを加えていた。だが、長い脚をしならせるような歩き方と、裸体を恥じようともしない力と健康に対する揺るぎない自信は、昔のままだ。

アンバーはアレックスの浅黒い腕が水を切って進むのを眺めた。彼は禁断の快楽を期待させるような魅力だけでなく、か弱く女性的なものに対する強い保護本能もそなえていた。彼がほほ笑みかけると、女性たちはそれだけで、自分が世界でいちばん愛され大切にされている、という気持になるのだ。

その実、彼は女性に三つの効用しか認めていないのよ――アンバーはとまどうほどの感情の高ぶりを抑えようとして、自分に厳しく言い聞かせた。子供を産むこと、家庭を守ること、そして肉体的な安らぎを男に与えること。

十七歳のアンバーにとっては、それだけでは充分でなかった。今になって彼のセックスアピールに心を動かされるなんて、ばかげている。

かわいそうなガブリエル。彼の子供を産んでおきながら失ってしまったなんて。そして彼女は今でも彼に頼って生きている。彼を愛しているのかしら？　また子供を産んだのだろうか？　不思議だった。あんなに憎んでいたのに、今では哀れみしか感じない。傲慢《ごうまん》で強情で支配力の強いギリシア人。アンバーはうんざりする思いで考えた。そして、エーゲ海から現れたポセイドンのようにアレックスが水から上がってくるのを、憤りに瞳をきらめかせて迎えた。

アレックスは微笑して言った。「そうこなくっちゃ。君の目が好戦的に光ってるのがとてもいい」

「それはあなたが暴君だからよ。あなたは反抗する者を抑えつけるのが楽しいんだわ」

ぬれた肩をすくめると、彼は身をかがめてタオルを取り上げた。褐色の肌の下で筋肉が動くのを見た瞬間、全身を鋭い欲望に貫かれて、アンバーは顔をそむけた。遠い昔の感触を思い出して指先がうずく――鋼鉄に絹を張ったような肌、たくましい胴体にアクセントを添えている胸毛、彼独特の清潔で潮の香のするにおい。燃えるようなやるせない渇望が彼女を蜜《みつ》のように包んだ。そして目の前の男の肉体の誘惑に逆らえない自分が、腹立たしく情けなかった。

滴る水をふき取っていた手の動きが止まった。アレックスはタオルを肩にかけると、アンバーの方に歩み寄った。薄気味の悪い笑みを浮かべたまま、彼女のひじをつかんで立ち上がらせる。

アンバーは自分の反応を隠そうと必死で顔をそむけた。しかし彼は含み笑いを漏らしながら両手で彼女のあごをつかみ、無理やり自分の方を向かせて残忍な視線を注いだ。

「暴君だって?」彼はあざけった。「それは違うよ、僕のかわいい浮気女ちゃん。僕は力ずくで君をベッドに連れ込んだりはしない。僕たちが愛し合うとしたら、それは君が僕を求める時さ」彼は冷ややかな目でゆっくりアンバーの顔を眺め回した。「ま、君は僕に無関心なふりをしていない。なかなか賢明だ。こんなふうに君ののどの脈が速くなっているということは……」裏切り者ののどもとに唇をはわせ、彼は熱い息を吹きかけながら続けた。「そして僕を見るたびに君の目が大きく見開かれるということは……僕を欲しがっている証拠だ。君がどのくらい持ちこたえるか、これからおおいに楽しみってわけだ」

アンバーはふいに込み上げてきた恐怖を隠そうとして叫んだ。「なんてうぬぼれ屋なの！」

「それは僕に対する挑戦か？」

アンバーの知らないことを知っている――アレックスは、思わせぶりに目を細めた。彼は狡猾《こうかつ》な男だ。策略にたけ、たいした役者でもある。そのことが窮地に陥った時でも彼を助けてきた。だがアンバーは負けていなかった。

背筋を伸ばすようにして彼から離れた。彼がすんなりアンバーを放したのは驚きだった。彼女は木陰の湿った砂に足を取られながら、平静に言った。「いいえ、挑戦が好きなのはあなたのほうよ。私じゃないわ。私は静かに暮らしたいだけ」

それを聞くとアレックスはにっこりした。心からおもしろがっているように。不思議に心が和む一瞬、アンバーはつられて笑わないように唇をかまなければならなかった。くるくる変わる彼の気分に私がどんなに振り回されているか、彼は承知しているはずだ。だがもし私の読みが正しければ、彼は無理強いはしないだろう。私が自ら求めるのでなくては、彼の復讐心は満足しないはずだから。彼はなんて言ってたかしら？　そう、〝君は僕に哀願することになる〟って言ったのだ。

背筋が冷たくなるような不吉な予感を振り払い、アンバーは頭をきっと上げた。私はもうアレックスを愛していると錯覚していた少女ではない。苦しみを体験し、子供も産んだ。子供を育てていかなければならないこともわかっている。アンバーは屈服するのを拒み、闘い抜く力を自分の中に探した。

闘うよりほかないではないか。アレックスの性的な魅力に無関心でいられるはずがない。生理的なもの、それだけのことだわ。アンバーは厳しく自分に言い聞かせた。においとか何かそんなものと同じ。食べることや眠ることと同じ原始的な欲求。

アンバーの思いが表情にも出たらしく、アレックスはまゆを寄せるとかがみ込んで、少し荒っぽく彼女の唇をかんだ。そして驚いた彼女が息をのむすきに、さらに激しくキスしてきた。力ずくで彼女のバランスを崩し、腕の中に抱き取った。

アンバーは息が詰まりそうだった。背骨を通って腿に、そして全身に、燃えるような感覚が走った。抑えようもなく体が震えた。男性にキスされたのは九年ぶり。その間ずっと幸せだと信じていたけれど、今となっては人生の大切なものを欠いたむなしい日々だったように思える。

アレックスはアンバーをしっかりと抱き寄せ、自分の体で包むようにした。彼女はパニックに陥ってもがいた。それでも彼はすぐには腕の力を緩めず、満足そうにささやいた。

「わかっただろう？　君にほかの男のベッドで過ごした時のことを忘れさせるのは、いとも簡単なのさ。君が落ちるのもあまり先のことではなさそうだな、アンバー」

言い返したかったが、言葉が出てこなかった。震えそうになる唇を固く結んで後ずさると、アンバーはビーチを引き返した。自分の肉体のあまりのもろさに茫然《ぼうぜん》としながら。

アレックスは追いつくと、アンバーの手を取って自分の腕にからませた。彼女はためらったが、アレックスは気に留めるふうもなく、最近彼がやり遂げた仕事が大成功をおさめたなどと話し始めた。

九年前なら、アレックスはそんなことを話題にしようともしなかったに違いない。そしてアンバーも関心がなかっただろう。だが今は違った。ためらいがちに質問する彼女に、アレックスは自分がとった行動を一つ一つ説明してくれた。彼は魅力的だ。楽しそうにどこか満足そうに瞳をきらめかせる時、あまりにも魅力的だった。

彼が裸だということも、彼女自身もそれに近いかっこうだということも、話に夢中になっているアンバーは忘れかけていた。彼がついに話を締めくくった時、彼女は声をあげて笑った。

アレックスはものうげな笑みを浮かべた。「牛や羊の話よりおもしろいかい?」

アンバーは唇をかんだ。「そんなことはないわ。世界が違うだけ」

「君は嘘《うそ》をついたことがなかった。僕はそんな君が気に入っていた。無慈悲なほどの正直さがね」

「子供の正直さだったのよ。でも子供っぽいひたむきな気持がどこでも通用するわけじゃないってことを、あなたに教えられたわ」

アレックスはドアを開けて彼女を通した。「それでよかったのさ。君もそろそろ大人になっていいころだったからね」

「そうね」

「ただ、あそこまで深く傷つく必要はなかったんじゃないかな」

アンバーは驚いて、さっと振り向いた。アレックスは楽しそうに、そしてわけ知り顔に見つめている。彼女はかっとなり、彼に背を向けると感情を押し殺した声で言った。「そうかしら。もっともっと傷ついていたかもしれないわ。もし私がほんとうにあなたを愛していたら、どうだったかしら? 初恋に夢中になっていたんじゃなくてね」

「どうだっただろうね?」彼はあっさりかわした。そしてふと彼女の肩に手を置いた。

「化粧室の奥にバスルームがある。そこを使うといい。今度は僕が君のために用意したドレスを着てほしい」

「あんなもの、着る気はないわ」

「ほう？　じゃ、裸でいるんだな」彼はアンバーから手を離すと、感情のかけらもない声で続けた。「君の好きにしたまえ。だが、僕が準備しておいた服を着ないというのなら、燃やすだけだ。君が着てきた服も一緒にね。僕のところにいる間は、僕が与えるもの以外、身に着けることは許さない」

アンバーは怒りでおかしくなって言い返そうとした。しかし相手の言葉に並々ならぬ決意が込められているのを直感した。裸でほうっておかれるのは我慢できないし、彼ならやりかねない。彼女は何も言わずにきびすを返すと、化粧室を抜けてバスルームに入った。

さっきアレックスのバスルームを使ったので、今度も同じような浴室を想像していた。だが一歩足を踏み入れたとたん、アンバーは驚きのあまり立ちすくんだ。背後からあざけるような笑い声が聞こえ、彼女は手荒にドアを閉めた。

この家を建てたアメリカ人は、バスルームに東洋風のエキゾチックな魅力とハリウッドの華麗さをふんだんに持ち込んでいた。クリスタルのシャンデリア、大理石の浴槽、ゴールドとグリーンとブルーのモザイク仕上げの床や壁は、スペインのアルハンブラ宮殿――ムーア人の富と権勢の象徴――を思い出させる。

黄金色のいるかから水が噴き出し、一方の壁は一面作りつけの棚になっていて、タオルやローションや香水、それにボディオイルが並び、ムスクや東洋の花の香りがたちこめている。

アンバーは唇をかみ、茫然とその光景に見入った。唇の痛みでわれに返り、あらためてアレックスの女性蔑視に憤った。その気になればどんなことでも思いどおりにできるアレックスの前ではアンバーがどれほど無力であるかを、彼は思い知らせようとしているのだ。これは女奴隷の部屋、主人を楽しませることだけが生きがいのハーレムの女の部屋だ。

身に着けているものを脱ぎながら、アンバーの表情は厳しくなった。アレックスの傷ついた誇りは、彼女が屈服するまでいやされないだろう。そして男と女の駆け引きに優れている彼は、レイプするような幼稚な手段に訴えるはずがない。今も二人の間にひそやかに、だが力強く脈打っている惹《ひ》かれ合う気持を容赦なく利用して、彼はアンバーに彼女の力の限界を思い知らせる気だ。

ここはあっさり降伏してしまうのがりこうかもしれない。彼の気のすむようにさせて、それぞれの生活に戻ればいいのかもしれない。愛人として冷静に受け入れることで、屈服を求める彼を欺けばいいのだ。彼がその気なら、私は金で買われた情婦の役に徹するまでだ。

アンバーは浴槽に近づき、たっぷりとしたお湯に身を沈めた。無心にせっせとせっけんを使っていたが、やがて手の動きを止め、前かがみになって考え込んだ。屈服するのはそんなに恐ろしいことだろうか？

考える必要はなかった。アンバーは大きな吐息を漏らした。そう、恐ろしいことだ。だいいち子供を身ごもる可能性がある。彼女は不安のあまり声をあげた。そんなことになったら大変だ。アレックスは絶対に子供を手放さないだろう。

しかし屈服できないほんとうの理由は別なところにあった。彼を冷静に受け入れることなどできない。彼との触れ合いをふだんの生活のちょっとした不快な出来事といったふうに軽く受けとめることができないのだ。私はそういうようにはできていない。

ありったけの意志の力をかき集め、アレックスを寄せつけないようにするほかない。アンバーは、そう心を決めるとすっと立ち上がった。

不安で体が震えた。彼は抵抗されるのに慣れていない。心底怒らせてしまったら、暴力を使って反撃してくるのではないかしら。しかし、アンバーは彼が自制心を失ったところは一度も見たことがなかった。それに彼が女性に対して自制心を失うとは思えない。にこやかで魅力たっぷりな彼は、心の奥底では女を軽蔑しているのだから。

となれば、彼が私をレイプするほど怒りをつのらせることはまずないと考えていいだろう。そんなことをすれば、私が彼に対してなんらかの力を持っていることを認める結果になってしまうではないか。

3

アンバーは化粧室のワードローブや引き出しをかき回したあげく、やっとハイレッグカットのショートパンツとかなり露出度の高いタンクトップを選び出した。いくつもある鏡をのぞくことさえ拒否して、キッチンへ行った。夕食の用意をするつもりだった。

今度は冷蔵庫の中をかき回してみると、なすとピーマンと豆があった。ラタトーユが作れる。野菜を煮込み、それに卵を添えることにした。デザートはロックメロンとパッションフルーツのプディング。ヨーグルトときゅうりのスープも作り、冷やすために冷蔵庫に入れた。

そのあと居間に戻ると、大きな窓のそばのソファに腰を下ろして、暮れていく景色に目を凝らした。体が小刻みに震えるほど緊張している。落ち着こうとして、アンバーは静かに深く息を吸った。

アレックスに無理やり愛されることは屈辱ではあるけれど、今はもう彼に傷つけられるようなアンバーではない。ただ、体の奥深くに潜んでいる自分の弱さと闘わなければならないだけだ。彼もそのうちにこの復讐《ふくしゅう》ゲームに飽きるだろう。彼が欲しくてたまらなくなるまでアンバーを挑発しておいて、せせら笑って拒絶し、彼女のプライドをずたずたに傷つける――それが彼のねらいだとしても、アンバーは驚かなかった。

アレックスが何をたくらんでいるにせよ、彼が自分に息子があることを感づかないかぎり、私は大丈夫。感づかれるはずはないわ。彼はニックのことは知っている。写真も見ているらしい。でも自分の子供かもしれないと疑いもしなかったことは明らかだ。そう思うと、少し心が休まった。

太陽が外のテラスに照りつけて、ゼラニュウムやハイビスカスを火のように燃え上がらせている。これらの植物には手入れをされなくても生長する野性のたくましさがある。アンバーはソファに横座りになり、うなだれた。アレックスが突然現れてからというもの、懸命に勇敢なふうを装ってきた。しかしその仮面の下には、純粋な混じり気なしの恐怖が潜んでいる。自分についてくるならマットを破滅させない、と彼は約束した。その約束は守るとしても、ほかにどんな策略を巡らせているかわかったものではない。彼はアンバーを痛めつけようとしている。そして彼女には自分の防御がどれほどもろいか、よくわかっていた。

用心して不安を隠すと、立ち上がってラタトーユの様子を見るためにキッチンへ行った。すぐに、下の階かららせん階段を上がってくる足音がした。アンバーは緊張して待ち受けた。彼はまっすぐキッチンへやって来ると、入口で足を止めた。

「うまそうなにおいだな。なんだい?」アンバーが答えると、彼はこともなげに言った。

「君が九年間をむだに費やしてなかったと知ってうれしいよ。結婚した当時は、君は料理などできなかったものね」

アンバーはなべにふたをした。「ほんとうに。女学生って実際的な面にはうといものなのよ」

「まったくだ」アレックスは微笑を浮かべた。「初めて愛し合った夜のことを思い出すよ」

アンバーも覚えていた――とても鮮明に。未知の不安に自分がどれほど緊張していたか、そしてその不安が彼の熟練した技巧によってどのように消えていったかを。舞い上がるような陶酔の世界へ導かれて自分が示した思いがけない反応を。あの時、アンバーは自分自身を与え、彼はすべてを奪った。そして彼は、お返しに何も与えてくれなかった。

「君は無邪気だった」微笑をたたえたままアレックスは近づいてきた。「純真で無垢《むく》だった。でもすぐに僕を喜ばせるすべを覚えた。すてきな初夜だったよ、アンバー。それに続く夜もずっと」

「でも不貞を働かないでいられるほどではなかったのね」アンバーは冷たく言った。

アレックスは片手でアンバーの巻き毛に触れた。彼はまつげを伏せて瞳の表情を隠しているが、唇の横の筋肉が緊張し、アンバーは彼が自分を求めているのを直感した。

「なんて気取り屋だろう！　僕に女がいたことくらい、わかっていたはずじゃないのか？」

「もちろん知っていたわ。寄宿舎でもあなたのプレイボーイぶりは有名だったもの。でも知ってることと実際に経験するということは別問題なのよ。私は無邪気で純真で無垢だったから、浮気をしないことは結婚の誓いにつきものだと信じていたわ」

アレックスがふいに顔を寄せてきた。彼の声は低いささやきに変わり、男っぽいにおいが、懐かしい麻薬のように彼女を圧倒した。

「しかし、僕たちは政略結婚だったんだぜ」彼は残酷に言い放った。「僕のことを魅力的だと思ったとしても、もし父親同士の約束がなかったら、君は僕を夫にしようなんて考えもしなかったはずだ」

体を貫く快感に息を詰めながら、アンバーはやはり彼に見透かされていたことを思い知った。そう、私は二人の結婚が取り引きであることを知っていた。そして出会いから婚約までの数週間の間に、私は恋に落ちてしまったのだった。

アンバーは一言も言い返せなかった。アレックスはいやみたっぷりに締めくくった。

「知ってたんだな。君はほんとうにすれてなかったけど、ばかじゃなかったものね、アンバー」

「まあ、お優しいこと。でも、私はばかだったわ――おまけにどうしようもないほどあなたに惹《ひ》かれていて。あなただってそれは知ってたはずだわ。あなたは、私があなたに恋するようにしむけたのよ。私は十七で、あなたは経験豊富な二十一歳だった。私に勝ち目はなかったわ。私を夢中にさせておいて、その間にご自分はもっと技巧にたけた刺激的な愛人と楽しんでいたんだわ」声が震えた。まぶたの裏が熱くなる。涙がこぼれないようにアンバーは急いで続けた。「前もって私たちの結婚がどんなものになるのか教えてくださっていたら……あなたを受け入れるか拒絶するか、選択の余地を与えてくださっていたら……。でもあなたは私を欺き、裏切ったんだわ。あなたにとって、私は便利な道具にすぎなかったのよ」

アレックスの手が彼女の肩をつかみ、うなじへ滑っていって髪をもてあそんだ。表情は固くこわばっている。「君は僕の妻だったんだよ」

「だからほかの女たちよりも尊敬されていた」アンバーは皮肉っぽく言うと、たじろぎもせずに彼の冷たいグレーの瞳を見つめた。「ご自分の偽りと裏切りを耐え忍べと私を説得するのに、それだけで充分だと信じていらっしゃったの？　たいしたうぬぼれ屋ね、アレックス！　妻というだけじゃ、充分ではなかったのよ。女性が男性の暇つぶしの相手かおもちゃと考えられているような屈辱的な雰囲気のところでは、私は暮らせなかったわ。あなたはご自分の仕事と結婚していたのよ。かわいそうなガブリエルや私やほかの女たちは、ほんのお慰みだったわけ」

アレックスは激怒した。抑えつけられた怒りが体から黒い霧のように立ち上るのがわかって、アンバーは思わずつばをのんだ。その瞬間、彼の凍りついたようなまなざしが、彼女ののどの動きをとらえた。彼の口もとが意味のない微笑にゆがみ、恐怖がナイフのように彼女の全身を貫いた。それは弱者が強者に感じる、女が男に抱く、あの本能的な恐怖だった。彼女の唇から小さな声が漏れた。

アレックスの両目がゆっくりと、アンバーの体の奥深いところから盲目的な反応を呼び覚まそうとするかのようにうつろい、やがて彼女の口の上に止まった。唇が熱くなり、アンバーは無意識に舌先で湿した。

彼はそれを見ると目を細め、さも満足そうに言った。「それにもかかわらず、僕をどんなに卑劣な男だと思っているにせよ、君は僕が欲しいわけだ。否定はさせないぞ、君の顔にそう書いてある。君は自分の思想や女権拡張の主義に反しても、僕から与えられるものが欲しいんだ」

アンバーは口をきくことができなかった。もし口を開いたらそのままあからさまな欲求の叫びになってしまいそうだった。

沈みゆく太陽が窓越しに無数のばら色がかった金色の矢を放ち、彼の浅黒い顔の周囲を後光のように縁取って、髪を炎のように燃えたたせている。彼の瞳にも炎が燃えていた――情熱と軽蔑《けいべつ》との交錯した炎が。

身をよじろうとすると、彼の指が痛いほど髪をつかみ、彼女の表情をつぶさに観察できる角度に頭を押さえた。

「君は愛人としての本能を全部そなえていると思うよ、アンバー。それに今ではその肉体を使った甘い誘惑で男の心を溶かし、しばし時を忘れさせる手管も充分心得ているんだろうね」

「あなたなんか欲しくないわ」

「嘘《うそ》つき」彼は含み笑いをしながらアンバーの小さなタンクトップを引き下げ、胸のふくらみをさりげなく愛撫《あいぶ》した。それから元どおりに引き上げると、彼女を放した。「僕が飲み物を用意してる間に着替えてきなさい」

逃げ出せるうれしさのあまり走り出さないように、アンバーは自分をセーブしなければならなかった。欲望の充足を求めて叫んでいるような体で、一歩一歩足を踏みしめて化粧室に戻った。

引き出しの中はごく薄いシルクの下着でいっぱいだった。アンバーはそれを憎しみのまなざしで見つめ、もう少し露出度の低いものはないかと捜してみた。もちろん、むだ骨だった。重ね着をするつもりで柔らかな透きとおったスリップとショーツを選んだ。ようやく決めて頭からかぶったドレスは、肌の色とほぼ同色の、きゃしゃなシルクのものだった。それを選んだのはハイネックだったからだが、着終わってちらっと鏡に目をやった彼女は、思わずうなった。さっきまで着ていたタンクトップと同様、このドレスも隠してくれない。体にぴったりフィットして、体の線をあらわにしてしまうのだ。

彼女は乱暴にサンダルをつっかけ、ざっと髪をとかしてから、きっと頭を上げて居間へ向かった。

アンバーが姿を現すと、アレックスは立ち上がり、冷たい称賛のまなざしで彼女を眺め回した。彼もまた仕立てのいいイタリアン・スタイルのズボンとシルクのシャツに着替えていた。少し派手なシャツが、浅黒い地中海人的な彼の風貌《ふうぼう》を強調している。

騒ぐ血を抑えながら、アンバーは最初に思い浮かんだ言葉を口にした。「シャンペン?」

「もちろん。これはお祝いだからね。僕たちはまた会えたわけだ。それに君が好きなアルコールはシャンペンだけだっただろう?」

「その点はもう克服したわ」

アンバーは差し出されたグラスを受け取り、一口味わって微笑した。すばらしいシャンペン。彼女は思わず舌の上で泡がはじけるのを楽しんだ。

「この島はいつから持ってらっしゃるの?」アンバーはまるで初対面であるかのように丁重に質問した。

アンバーが何を始めたのか、アレックスはもちろん承知していた。彼女が落ち着きはらった様子で顔を上げた時、彼は目を伏せていたが、それでも彼女のリードについてきた。

「ほんの二、三カ月前からさ。君の居所を発見してすぐに、君を連れてくるのに適当な近場を探したんだ」彼は気味の悪い笑みを浮かべた。「正直言って、僕は君を、その、誘拐しなきゃならないかと考えてたんだよ。あんな脅し文句にあっさり降参してついてくるほど、君が金で動きやすい女だとは知らなかったものでね。君、こういう脅迫をするほどの力のある男だったら、だれとでもベッドに行くのかい?」

アンバーはこの手厳しい嘲弄《ちょうろう》に青ざめたが、どうにか肩をすくめてみせた。「あなたとはまだベッドをともにしていませんわ」

「いずれそうなるさ」

アンバーはまた少しシャンペンを飲んでから、グラスを置いた。頭をはっきりさせておかなければ、と自分に言い聞かせる。「私のしたことで、私以外の人が罰せられるべきだとは思わないわ。マットはあなたに何もしていないでしょ」

アレックスのほおにさっと怒りの色が走った。「男はそんなふうには考えないものだよ」穏やかすぎるほどの声で指摘する。「ふつう、男は自分の妻を盗んだ相手には強く反発するものさ」

アンバーはため息をついた。「そもそもの問題はそこなのよ。マットは私を盗んでなんかいないわ。私は品物じゃないんですもの。彼とは一度も会ったことがなかったけど、私はここへ来る決心をしたの。父を除いては彼がただ一人の血縁だったからよ。あなたのもとを去ったのはほかの男性のためなんかじゃなくて、なんの価値もない品物みたいに扱われるのがたまらなかったからだわ！」

彼にどれほど深く傷つけられたことか……。アンバーの声は自然に高くなったが、ふと口をつぐんだ。感情に流されては相手に有利な立場を与えることになる。彼女は窓辺に足を運び、空を見上げた。ラズベリーをつぶしたような色に染まった空を背景に、本土の丘が恐ろしいほどくっきりと見える。海は夕焼けに映えてきらめき、水面は夕暮れの静けさの中で金属の板のようだ。

アレックスは無表情に彼女を見つめている。

アンバーは絶望を表す小さな身ぶりをして言った。「私を家に帰らせてくださらない、アレックス？　そんなふうに復讐心に燃えるなんて、あなたに似合わないわ」

彼は皮肉っぽくきき返した。「それはだれの目から見てだい？　君の目から見れば、僕はもう手がつけられないほど卑劣な男じゃないのかい？　だめだね、君は僕の気がすむまでここにいるんだ。僕は長い間、この幕間劇《まくあい》をやってやろうと自分に誓ってきたんだ」彼は言葉を切り、再び口を開いた時には人を見下すような不遜《ふそん》な態度は消えていた。「君は、僕が君を理解していなかったと責めるが、それじゃいったい君はどんな人間なのか教えてくれないか。お返しに僕自身のことを教えてあげるから」

アンバーは奇妙に心を動かされて振り向き、整った無慈悲な顔を見上げた。「そうしたら、あなた……あなた、私を一人にしてくださる？」

アレックスは笑い、自信に満ちたしぐさで彼女を腕の中に引き寄せた。「ばかなことを言うもんじゃない」彼女の両まぶたに温かな唇で魔術をかけながらささやく。「僕のものをどうして楽しんではいけないいんだね？　君は僕の妻なんだよ、アンバー」アレックスの唇が化粧っ気のない彼女の滑らかな肌を味わいながら、ほおを伝って唇の端まで下りてきた。「化粧っ気なしかい。素顔でやって来れば、僕の熱意もなえるだろうと考えたのかな？　なんておばかさんなんだろうね、アンバー。君の肌は蜂蜜《はちみつ》とスパイスの味がするし、唇はシャンペンのように僕を酔わせる……」

キスは染みとおるように甘美で、アンバーは防御を固めるいとまもなく唇を開いていた。小さなうめきが漏れた。次の瞬間、彼の細身の体を形作っている筋肉や腱《けん》が見る見る強靱《きょうじん》さを増し、彼女をかき抱いた。彼の情熱が一気に高ぶり、燃え上がるのがわかった。彼女自身の体もふいに熱くなった。

アレックスはくぐもった声で何かギリシア語をささやいた。そして彼女の絹のようなのどにくまなくキスを浴びせかけ、唇を当てた。アンバーは彼にすがりついた。警戒心は失《う》せ、防御は崩れ、二人の間に織り出された官能の魅惑にわれを忘れた。かつては、いつもこうだった。欲望の前に理性など一掃されてしまったものだ。

そのあとで二人はベッドに横たわり、アンバーは彼の汗ばんだ胸に頭を載せて満ち足りて眠りに落ちるのが常だった。ちょうどガブリエルのように。そしてアレックスの腕の中で情熱的な解放感を味わったほかの女たちのように。

アンバーは意志の力を振り絞って目を開き、精いっぱい事務的な口調を装って言った。

「もし今から私をベッドに連れていくおつもりなら、ガスを切ったほうがよさそうね」

一瞬、失敗したかと思った。アレックスの唇が絶妙な正確さで彼女ののどをはい、おかしくなったように打つ脈に触れた時、彼女はおののいた。しかしそのあとで彼は頭を上げた。瞳は煙ったような情熱のなごりとともに、冷ややかな笑みをたたえていた。

「僕は君をベッドに連れていくことができるし、君が逆らわないこともわかっている」アンバーが何も答えないでいると、彼は両腕に力を込めてもう一度言った。「そうだろう、アンバー？　認めなさい」

「ええ」アンバーは不承不承答えた。

それでもアレックスは彼女を放した。抱擁という甘美な牢獄《ろうごく》から解放され、アンバーはいくらか平静さを取り戻した。

太陽は本土のかなたに沈み、空は濃い青に変わろうとしていた。最後のせみの鳴き声が木立の中で小さなチターを演奏し、それにこおろぎが調べを合わせている。大気はすがすがしく、かすかな潮のにおいとお茶の木の香りが混じっていた。一番星が天の織物に小さな穴を開けている。アンバーは震える指でグラスを持ち上げ、シャンペンをすすった。欲望が全身の血管の中でうずき、欲求不満へと変化し、やがて悲しみに満ちた憂鬱《ゆううつ》に変わった。

「ギリシアに帰ったらどうなさるおつもり？　離婚の手続きを始めるの？」

「たぶんね。そして再婚する。今度は自分で相手を選ぶつもりだ。事態がちょっと悪い方に向いたからって逃げ出したりしない女性をね」

「私があなただったら、ギリシア人を選ぶわね。ギリシアの女性たちは従順にしつけられているもの」

アレックスは声をひそめて言った。「それに貞節だ」

「母性的だし」

彼は肩をすくめた。「僕は、僕自身の子供を相続人として必要としてるわけじゃない。弟たちもいとこたちもいるから。だけどそうだな、もし父親になるなら、早いほうがいいことは認める。僕はいい父親になると思うかい、アンバー？」

質問のあざけるような調子が彼女を不安にしたが、皮肉を込めて答えた。「そりゃあ、すばらしい父親になるでしょうよ――お仕事や女性のお相手をする合間に子供と接する時間が見つけられたらね。そして、母親を不幸にしたからといって子供たちがあなたを嫌わないように気をつけていればね」

「僕でも一人の女性を幸福にできるとは、考えられないのか？」

アンバーは一語一語にあざけるような抑揚をつけて言った。「驚いたわ、あなたのように知性があって経験も豊富な男性が、女性に関してはこんなにも無知だなんて。あの経験がなんの役にも立っていないのね、アレックス！　妻というものは独占欲が強いの。夫が自分に誠実であることを望むものなのよ。それがわからないんだったら、女性のことを知っているとは言えないわ」

「結婚した時、僕は二十一歳だった」

アンバーは背を向けると、キッチンに続くドアの方へ歩いていった。「ええ、知っているわ、若すぎたのよ。私たちの父親は非難されてもしかたがないわね。暴君だったわ、二人とも。あなた、この九年間に何か学んだ、アレックス？」

「興味があるのかい？」

「ないわ！」自分でも驚くほど激しい否定の言葉が飛び出した。「意味ないことですもの。過ぎたことはしょせん、すんでしまったことよ」

「過去を捨て去ることはできないんだよ。未来は常に過去に深く根ざしてるんだ」

ディナーは、時折アレックスの如才ない褒め言葉で破られるほかは、緊張した沈黙のうちに終わった。アンバーは無理に食べ物をのみ込まなければならなかった。シャンペンが助けてくれることはわかっていたが、飲むのが怖かった。アルコールはこれから迎える夜をずっと耐えやすくするだろう。あまりに耐えやすいものに。彼のキスに激しく燃え上がったことを思い出して、彼女は赤面しそうだった。

いいえ、簡単に降伏しないわ。今でも彼を欲していることを見抜かれてしまったのはまずかったけれど、やすやすと攻略されて彼をほくそ笑ませるようなまねはするまい。私の意志は肉体よりも強いということを、彼は学ぶべきなのだ。

ディナーのあと、二人は向かい合ってコーヒーを飲んだ。アンバーは神経をとがらせていたが、彼のほうは長い脚を伸ばして、いかにもくつろいだ様子でカップの縁越しに彼女を眺めている。

だが、アンバーは彼の中にも緊張感があるのを感じ取った。獲物を待ち構えている猫のような抑えた興奮が。半ば閉ざされたまぶたの下の、冷たい灰色の瞳がかすかな炎を含んできらめき、口もとには期待に満ちたひそやかな笑みが刻まれている。

アンバーを動揺させるつもりなら、アレックスはみごとに成功していた。長い間忘れていた甘いときめきが狂おしい興奮の序曲のように体じゅうを走り、彼女はのどがからからになって急いでグラスの水を飲んだ。

しばらくしてアレックスが平静に言った。「テレビをつけてもいいかい？　たしか、いいドキュメンタリー番組があるはずなんだ」

「ええ、もちろん。どうぞ」アンバーはほっとした気持を隠しきれなかった。彼はあざけるような笑みを浮かべたが、何も言わずに立ち上がると、壁に作りつけのラックの扉を開けてテレビが見えるようにした。

ものの数分で、アンバーもその番組に引き込まれていた。アメリカが舞台の、輝かしくも悲しい生の喚起を扱ったドキュメンタリー。番組が終わってスイッチを切ると、アレックスは横にやって来て、彼女が涙をぬぐったところを愛撫するように指で触れた。

「涙もろいところは、まだ直ってないいんだね？」

「そうらしいわ。ばかみたいでしょ？　よくニックにからかわれ……」

続く言葉は息苦しいほど乱暴に彼の唇に押しつぶされた。ようやく顔を離した時、彼は怒りに声を震わせて言った。「その名前は二度と聞きたくない」

はれた唇の間からアンバーは言い返した。「でも、あの子はちゃんといるのよ、おあいにくさま！　急に忘れろと言われたって、できないわ！」

「忘れるんだ」アレックスは恐ろしい勢いで要求した。「僕のベッドの中では、あの婚外子のことは考えるんじゃない」アンバーがたじろぐと、彼は氷のような冷たい声で言った。「あの子が婚外子だってことを思い出させられるのは、苦痛かい？　彼を婚外子にしたくなかったのなら、出生証明書に父親の名前を書く勇気を持つべきだったね。それとも父親がそれを許さなかったのかい？」彼女が驚いて息をのむと、彼は口もとをゆがめた。「そう、僕は出生証明書を見たよ。あの子が僕の子かもしれないというかすかな可能性が感じられたんでね、コピーを送らせたんだ」

「もしあなたの子供だったら、どうなさるおつもりだったの？」

突然蒼白《そうはく》になって震え出したアンバーを、アレックスは刺すようなまなざしで見つめた。

「もちろん君から奪い取ったさ。僕の子供なら、君のいとこが与えるものよりはるかに多くの財産の相続人になれるんだから。僕の子供はそのことを理解して、成長しなければならない。富と権力を持つべく育てられた人間は、往々にして厳しいしつけや自分を律することを教えられないものだ。そしてずるずると怠惰や退廃におぼれ、すべてを失う結果になる。だが僕の子供はみな、権利と同時に義務も学ばなければならない。でも君の子供は僕の子じゃないんだから、君と君の恋人がかってにするがいいさ！」

アンバーは深く息を吸った。アレックスは冷酷に微笑すると、手を離して立ち上がった。だが、その場を去ろうとはしない。彼の軽蔑がありありと感じられ、アンバーは唇が震えないようにかみしめなければならなかった。ありがたいことに、アレックスはニックのことを話題にするのを嫌っている。彼の疑惑を招かないように注意しなくては。

しかしアンバーは何かに突き動かされて口を滑らせた。「あの子は幸せよ」

「そうだろうとも」アレックスは関心なさそうに応じた。「それで君は？　君は幸せなのかい、アンバー？」

彼女の素早い一瞥《いちべつ》に込められた気持に、アレックスは気づかなかった。彼女を見てもいず、窓から侵入してきた蛾《が》が明かりに吸い寄せられていくのを見つめている。

「私……ええ、私、幸せよ」アンバーは用心深く答えた。

「いとこの愛人として暮らしてて、何がそんなに幸せなんだ？」

人を見下す傲慢《ごうまん》な響きに、アンバーは顔を上げた。「なぜ知りたいの？」

「楽しむためさ」死を宣告された蛾に視線を据えたまま、彼はさもばかにしたように言った。

不吉な予感が胸をよぎった。アンバーはつばをのみ込み、奇妙にしわがれた声で答えた。

「私が幸せなのは、尊重されてるからだと思うわ」

アレックスは待っていたが、アンバーはそれ以上何も言えなかった。ゆっくりと彼が振り向いて嫌悪のまなざしを向けるのを、彼女は挑むように受けとめた。

「尊重されてる？」彼は吐き捨てるように言った。「商売女が尊重されてるだって？　君がそんなたぐいの尊敬を得たがってるとわかってたら、僕も違ったやり方ができたはずだが」

アンバーは唇まで青ざめたが、しっかりした声で言い返した。「人間にレッテルをはるのがお好きだこと！　あなた以外には、私を商売女だなんて思う人はだれもいないわ」

「ほう？　それじゃ連中は君をどう見てるんだ？」

「いろいろよ」アンバーは用心深く言った。「ニックの母親として……よい母親としてだとうれしいけれど。それにマットのいとことして、あの地方や牧場でそれなりの働きをしている女性として」

「それなりの働き？　興味をそそられるね。あいつは君を貸し出してでもいるのかい？」

アンバーは顔を殴られたような衝撃を受けた。「あなたって最低だわ！」

彼はうっすらと笑った。「じゃ、君はその……尊重されてしかるべく、どんなことをしてるんだ？」

彼女はトパーズのような硬いまなざしで誇らしげに言った。「牧場の帳簿は全部私が見ているわ。マットの秘書役もこなしてるし、入力もパソコンも私の受け持ちよ。家畜の血統も管理してるの。それにマットがホステスを必要とする時は、プライベートな場合でも競売などの仕事の場合でも、私がその役を務めているわ」

「すばらしいなあ」彼は語尾を伸ばすようにして当てこすった。「じゃ、君は今や、しがないＯＬの仕事ならなんでもこなせるってわけだ」

「しがないホステスの仕事もよ」

「そしてそのために君は自分が尊重されてると思っている。僕にはとうていい女性を理解することはできないね。ここの暮らしと、僕の妻として送ったはずの生活と、何が違うと言うんだ？」

「あなたにはすでにホステス役がいたわ。あなたのお母さまが。絶対に控えになど回らないって、はっきり態度で示していらっしゃったじゃないの」

「彼女から教わるのは、そんなに難しいことだったかな？」

「それにガブリエルもいたわ」

アレックスは壁にもたれ、半ば閉じたまぶたの下から彼女を見つめていた。「だが君はここでまったく同じ立場にいるんだよ。それとも君のお上品ないとこは、ずっと君に誠実だと思っているのか？」アンバーの表情を見て、彼はあざけるように笑った。「かわいそうなアンバー、びっくりしたの？　君のいとこはね、模範的紳士というわけでもないんだよ。君が来てからも、遊び回ってる。彼はとても慎重にやっているが、そういうことは漏れるものさ。どうやら君は男運が悪いようだね。たぶん、君自身に何か問題があるんだ」

「そしてたぶん」とアンバーはやり返した。声が震え出し、自分に対して猛烈に腹が立った。「たぶん、あなたにも問題があるわね。他人の生活に首を突っ込んでかぎ回るのがそんなに楽しいなんて、とても正常だとは思えないわ」

「だけど君は僕の妻なんだよ。君が幸せだということを確かめもしなかったとしたら、僕はどういう夫なんだろうねえ？　それに不実ないとこと一緒にいて、どうして君が幸せになれる？　君が僕から去った理由は、まさにそれだったのに」

アンバーはぎゅっと下唇をかんだ。顔をそむけて立ち上がろうとしたが、彼に手首をつかまれて押しとどめられた。

「言ってくれないか」

「何も言う気はないわ。あなたに知る権利などないはずよ」

「僕のことは捨てて、なぜあいつと一緒にいる？」

「たぶん彼を愛してるからでしょう」

アレックスの手が彼女のあごにかかり、ぐいと持ち上げた。「ほんとうか？」彼は詰問し、アンバーが無言の抵抗を続けると、押し殺した声で言った。「言うんだ！　さもないと一晩じゅうかかっても口を割らせてみせるぞ」

恐怖のあまりアンバーは叫んだ。「ええ、ほんとうよ……。彼を愛しているわ」

アレックスは呪《のろ》いの言葉を吐きながら、はじかれたように彼女を放した。日ごろの優雅さを忘れたように荒々しく立ち上がり、冷酷な怒りの表情で彼女を刺すように見つめる。

「じゃ、ベッドへ行く時間だ。おいで」

アンバーのほおから血の気が引いたが、やがて恥ずかしいほどの紅潮となって戻ってきた。抗議し始めたものの、無慈悲に輝く彼の瞳に沈黙させられ、ほどなく立ち上がった。ニックの安全が第一なのだ，たとえ誇りを失うことになっても。そう自分に言い聞かせながら、アレックスに従ってベッドルームに入った。彼の手は腰のあたりに軽く置かれていたが、シルクの薄いドレスを通してそれは焼き印のように熱く感じられた。

ベッドルームからも入江が見渡せた。銀色の光が神の祝福のように海面を染め、夢幻的な美しさを漂わせている。満月は家の後ろに上り、部屋の中はほの暗い。アレックスは明かりをつけ、窓のカーテンを閉めた。

「あとでまた開けよう」彼は再び抑制した声になっていた。「君は覚えていないかもしれないが、僕は夜の闇《やみ》の中で窓を開けて眠るのが好きなんだ。でも今夜は通りすがりのヨットマンたちにのぞかれるのはいやだからね」

アレックスは大きなベッドの片側に腰を下ろし、アンバーの困惑した表情を残忍な喜びをたたえた目で見つめた。

「さて、かわいい人」長い沈黙が緊張にまで高まった時、彼はようやく口を開いた。「脱いでくれないか、僕のために」

アンバーの大きな目がいっそう大きく見開かれた。「アレックス、これ以上私を侮辱する必要はないでしょう」

「なぜだい?」彼は黒いまゆをつり上げてあざけった。「結婚したてのころの君の初々しさ、覚えているよ。ま、今はもう恥ずかしそうなふりをすることもないけどね。この九年の間に男のために脱ぐことにはすっかり慣れただろう? 例のいとこをどんなふうに誘惑するのか、僕にも教えてくれ」彼は意地の悪い笑みを浮かべて枕《まくら》の上に倒れ込んだ。

「いやよ」

彼はくっくっと笑った。「じゃ、無理強いするしかないな」

不安で胃がきりきり痛んだが、アンバーは頑固に言い張った。「わかったわ。お望みなら、私の服を引き裂くがいいわ。私はあなたの前で自分から服を脱ぐ気はありません。まるで……まるでハーレムの女みたいに」

アンバーは彼の怒りが爆発するのを覚悟した。アレックスは拒絶されることに慣れていないのだ。しかし彼はくすくす笑いながらベッドから身を起こし、ギリシア彫刻のように端整な顔に微笑を刻んで、彼女の方へやって来た。

「なんて気の強い」彼女の前でつぶやく。「おまけになんて美しいんだろう」

彼の反応に驚いているすきに、唇がさっと下りてきた。アンバーは抵抗するのも忘れ、茫然《ぼうぜん》と立っていた。もはやすべては手遅れだった。彼女は彼の発散する官能の魔力のとりこになっていた。

彼に抱かれたまま、アンバーは身を硬くし、唇の愛撫に応《こた》えることも、逆らうこともしなかった。やがて彼は顔を上げた。あきらめたのかしら、と喜んだのもつかの間、すぐに彼がやり方を変えただけだとわかった。温かな唇はアンバーのまぶたをはってそれを閉じ、こめかみへ移動して感じやすいくぼみに優しく触れた。

彼女はたじろいだ。これこそ恐れていたことだったから。レイプなら、抵抗するすべもある。だが誘惑は別だ。そしてアレックスはその違いがわからないほどばかではない。

彼はどうして服を脱ぐように言い張らなかったのかしら？　マットの未来がかかっていると言われたら、私は脱いだのに。マットには報いる当てもないほどの恩がある。アンバーはふといぶかった。

しかしその疑問を追及する間もなく、アレックスにそっと耳たぶをかまれ、のどから漏れそうになるあえぎを必死でこらえなくてはならなかった。唇が耳の中を探るにつれて、両腕は枷《かせ》のように彼女を締めつけた。

「やめて」アンバーはうわごとのように言った。

耳にかかる吐息の熱さと、優しくまさぐる唇の感触が、アレックスの情熱の高まりとあいまって、彼女にすべてを忘れさせた。もだえるような彼女自身の欲望のほかは。

4

「アレックス」アンバーは自分の肉体のあからさまな裏切りにうろたえて、うめいた。

「しいっ、黙って、僕の子鳩《こばと》。僕のつぶらな瞳。何も考えるんじゃない……」

アンバーは両腕を上げてアレックスの首に巻きつけた。情熱の高ぶりをうかがわせる肌の熱さや、にじむ汗にうっとりしながら、うなじの黒い巻き毛に指をからませ、彼が舌の先で耳の奥を刺激するのに合わせて、そっとなでた。

「僕にさわって」アレックスがしわがれた声で命じた。「君に夢中なんだ。君の手でもう一度、僕の体を思い出してくれ」

アンバーは彼のシャツを手荒に押し開いた。日焼けして、オイルをひいたシルクのような肌が、野獣の強さを包み込んでいる。彼女は低くうめくと、彼の両肩や広い胸に唇を押し当てた。

「かわいい人」アレックスがささやいた。「ああ、アンバー、僕が君にあげた喜びを僕にも返してくれ。君の美しい体が見たい。君の鼓動をこの胸で感じたい……」

小さなドレスはいとも簡単にアンバーの肩から床に滑り落ちた。透きとおったスリップの下の肌が金色がかった象牙《ぞうげ》色に輝き、温かく男の心を惑わす豊かさを約束していた。スリップはいつの間にかウエストのところまで下がっていて、アレックスは手を彼女の腿に滑らせると同時に、唇を柔らかな胸のカーブに沿って移動させた。アンバーは体を震わせ、彼にすがりついた。水晶のように純粋な快感が体を刺し貫く。

アンバーは何か口走ったに違いない。アレックスが顔を上げ、ほほ笑みながらささやいた。「脱ぎなさい、僕のハート、ニンフ……」

その時、彼の表情が――灰色の瞳の奥にきらめく光か、それとも今までアンバーの全身をはっていた唇のゆがみだろうか――彼のたくらみを暴露した。

「けだもの！」アンバーは押し殺した声でののしり、彼の腕から逃れようとした。

もはや愛撫《あいぶ》ではなく、アレックスは指に力を込めて容赦なくスリップをはぎ取った。そして、意地の悪い口調で質問した。「どっちが勝ったと思う？　引き分けということにしておこうか？」

彼の視線がアンバーの全身をなめる。息づかいも荒い。彼はまだ彼女が欲しいのだ。しかし肉体の要求は鉄の意志によって抑えられ、長い腕がアンバーを突き放した。

「ベッドに入るんだ」

アンバーが茫然《ぼうぜん》と突っ立っているのに気がつくとアレックスは小声で罵倒《ばとう》し、彼女を抱き上げてベッドの上にほうり出した。そして、まるで見るに耐えないといったしぐさでシーツをかぶせた。

ぱちり、と音がして明かりが消えた。カーテンがしゅっしゅっと開かれ、アレックスが服を脱ぐ音がする。やがてマットレスの片側が沈み、九年来初めて、アンバーは男性とベッドを共用した。

板のように体をこわばらせ、息を詰めて、アンバーはアレックスの攻撃を待ち受けた。しかし彼はかたくなに自分の領分にとどまり、彼女を見ようともしない。彼には愛し合うつもりはないんだわ。ずいぶん待ったあと、アンバーはやっと悟った。信じられない思いだった。

今しがたの情熱の嵐《あらし》と思われたものは、冷静に、非情に計算されたものだった。復讐《ふくしゅう》の念に燃えるアレックスは、アンバーの肉体と誇りを踏みにじることでそれを果たそうとしている。とりわけ、彼女の誇りを。

欲望が満たされるためならどんなことでもする――自立を投げ捨てることさえも――といった状態にまで追いつめたいのだ。

全身に冷たい汗が噴き出した。私が屈服したら、アレックスは嘲笑《ちょうしょう》を浴びせかけて置き去りにするだろう。それが彼の復讐なのだ。

下のビーチに打ち寄せる波の音で、彼の深いゆっくりした寝息を数えていたアンバーは、ふとその呼吸があまりにも規則正しいのに気がついた。彼もまたこの夜の静けさの中で眠れずにいる。彼女は満足感を覚え、ひっそりと笑った。彼に迫り、そのあとで彼が私にしたように拒絶してみようか――アンバーは一瞬気持が動いたが、すぐに考え直した。アレックスは私を犯すことなどなんとも思わないだろう。他人を侮辱するという点にかけては、アレックスは専門家だ。

いや、私が満たされない欲望を抱いて拷問台の上に横たわっているように、彼も欲望にもだえさせておくほうがいい。残酷な笑みを浮かべながら、アンバーは眠りに落ちた。

目覚めると、またも美しい朝だった。朝日が入江の波の上で躍り、神々しい約束の地のように本土を金色に染めている。

隣でアレックスが何かギリシア語でつぶやいた。アンバーはぎくっとして息を詰め、静かに彼の方に体を向けた。濃いまつげがブロンズのようなほおに影を落とし、鋭く知的な瞳を隠している。だがギリシア彫刻を思わせる端整な美しさも、秘めた力を覆い隠すことには失敗していた。

彼が朝はいつも情熱的だったことを思い出しながら、アンバーはそっとベッドから滑り出た。猫のように足音を忍ばせて化粧室へ行き、引き出しを開けた。たしか昨日ここで水着を見たような気がする。けれどもそれは勘違いで、中にあるのはビキニのショーツだけだった。挑発的なかわいいシルクのショーツを両手でねじりながら、アンバーは長いこと立っていた。口もとをこわばらせ、疲れたまなざしで。これでは何も着けないのも同然だ。それを引き出しに戻そうとした時、突然ぱっとひらめいた。全裸のほうがかえってこういう扇情的な小物ほど欲望をそそらないという記事を、何かで読んだ覚えがある。

ほんとうかしら？　アレックスが侮蔑《ぶべつ》を強調するために選んだ肌が透けて見えるような布切れを身に着けるくらいなら、裸でいるほうがまだ屈辱感が少ない。そう、ヌードでならプライドを保てる。

大胆にも彼のバスルームに忍び込むと、アンバーはドアの陰でローブをはおり、タオルを持って外に出た。朝露の小道を抜けて浜に行き、熱くなり始めた砂を踏みしめてポフツカワの木陰に入った。とんでもないばかなまねをしてるんじゃないかしら？　ふと不安が胸をよぎった。家の中に戻ったほうがいいかもしれない……。

しかし海は招くようにきらめいているし、猫に追われるねずみのようにこそこそしなくてはならない理由もない。アンバーは肩をそびやかした。努めて優雅なしぐさでタオルとローブを手近な枝にかけ、黄金色とブルーに輝く朝の大気の中へ駆け出した。

水の衝撃の快かったこと！　それはアンバーの体の中の禁断のうずきを鎮めてくれた。それに裸で泳ぐことの解放感といったらない。しかしのんびりと泳いでいるうちに、アレックスに対する怒りがどっと込み上げてきた。彼の魅力には逆らえないという弱点を突くことで、私をあざけり挑発し続けるつもりなのだろうか？　きっとそうだ。そして彼は、私を屈服させるためにセックスを武器にしながらも、鉄の自制心で自分の欲望をコントロールできるのだ。彼の意志の力には感嘆せざるをえない。

アンバーは砂地の底までもぐり、貝殻を拾った。いいえ、ああいった感情のテロリズムに負けてはだめ。彼が汚い手を使う気なら、私だって。抵抗する代わりにわざと屈服してみせ、彼をベッドに誘い込んだらどうなるかしら？

誘惑する女の役を演じるのは楽ではなさそうだ。でも、少なくとも彼の計画を台なしにすることはできる。とりわけ彼が自制心を失い、二人で愛を交わすことになったら。

アンバーは淡い金色の真珠貝をてのひらに載せ、日差しが戯れるのを見つめた。なんとも知れない衝動に駆られて手を握りしめ、きゃしゃな貝が肌を傷つける寸前に開いた。

浜に動くものを感じて、アンバーははっと顔を上げた。アレックスが朝日を全身に浴びて小道を下りてくるところだった。短い黒のトランクスをはき、肩にタオルをかけている。一瞬、アンバーは息をのんだ。海のニンフと戯れようとしているギリシアの男神のようだ。

彼女は真珠貝に視線を戻し、きっと唇を結んだ。心は決まっていた。

それならそれでいい。アレックスが気乗りがしない妻を誘惑するのを楽しみにしているのなら、乗り気なふりをしてやればいいのだ。はすっぱで淫乱《いんらん》なふうを装い、彼が去ったあとは良心の呵責《かしゃく》など感じないでマットとの生活に戻っていくつもりだということを、はっきり思い知らせてやろう。

アンバーは貝殻を落とすと、もう一度水にもぐった。アレックス・ステファニデスを相手にゲームをする者はいない、特に一度負けた者は。そうささやく声を無視するようにもぐる。

日差しが彫刻のような無表情な顔に当たり、傲慢《ごうまん》さを秘めた強い輪郭をきらめかせている。彼が水に入り、さっともぐってすぐ近くに浮かび上がるのを、アンバーは立ち泳ぎをしながら見つめた。彼女が陽気にあいさつすると、彼はちょっと目を細めはしたものの、驚いた様子もなくきちんとあいさつを返した。「おはよう。よく眠れたようだね」

「ええ、丸太みたいに」アンバーは快活に答え、さりげなく言い添えた。「あなたもぐっすり眠ってらしたわ。働きすぎじゃなくって?」

大成功。アレックスは自分が眠っているところを私に観察されたと思うと、気分がよくないのだ。彼の目がきらりと光ったが、それでも平静な返事が返ってきた。「少しね。この二度目のハネムーンを邪魔されないようにと、仕事を片づけてきたから」

二度目のハネムーンというところには鋭い皮肉の刺《とげ》が含まれていた。「これをハネムーンだなんて思っていらっしゃるなら、あなたってとてもロマンチストだわ」アンバーはにっこりとあざけるように笑い、水中に逃れた。ブロンズのような輝く裸身を見ているのが耐えられなかったのだ。

またたく間にアレックスは彼女をとらえた。腕をつかんで水面へ引っ張り上げ、そこで彼女の顔をまじまじと眺め回した。

「はしゃいでるみたいだな。なぜだ?」

「きっとすばらしい朝だからじゃなくて? それとも私にとって、ここ数年で初めての休暇だからかもしれないわ」

「休暇? そんなに忙しく何をやってるんだ?」

「私、勤勉に働いているのよ」アンバーはアレックスのばかにしたような口調にかっとなったが、努めて平静に答えた。「もちろんあの牧場はステファニデス・コーポレーションとは比べものにならないけれど、秘書を必要とするくらいの仕事量はあるわ。で、私が秘書というわけ」

「だが君の仕事は、君がいなくてもなんの問題も起きないくらいのものなんだ」

波が二人を持ち上げ、ふわりと下ろした。背の立たない深みで、潮の流れが二人の脚をからませた。アンバーは思わず体を震わせ、それを相手に悟られないように歯切れよく言った。「私、牧場の仕事は全部、掌握しているわ。今月の支払いはすませたし、ほかに緊急を要するものはないわ。あなたと同じように、私も長時間働いて遅れを取り戻せるのよ」

アレックスは奇妙な笑みを浮かべた。「でも僕たちは、何年もの遅れを取り戻さなくちゃならないんだよ」彼はわざと自分の脚をアンバーの脚にからませ、冷えた体に彼女を抱き寄せた。「何年も、何年もの」ぬれた胸のふくらみに手をかけ、彼女を見つめながらささやく。

アンバーのまつげの上で太陽がきらめき、小さな虹《にじ》を作った。彼女は何か言ったが、潮の香りのする暖かい大気の中で泡のようにはかなく消えた。

アレックスは声を放って笑うと、彼女の体を持ち上げ、水の上にまっすぐ抱え上げた。半神半獣の森の神のような顔を一振りして、彼女の引き締まった腹部に埋《うず》めた。アンバーはあえぎ、彼の顔を引き離そうと黒い巻き毛をつかんだ。しかし彼の首は雄牛のようにたくましく、どうやっても唇をはがすことはできなかった。

アンバーが欲望の熱いときめきを感じた時、彼はようやく自分の体に沿わせて彼女を抱き下ろした。アンバーは無言で彼の顔を見上げた。瞳の中心の広がり、ほお骨に沿った赤み、口もとのゆがみが抑制された興奮を示している。

アレックスは半ば閉じたまぶたの間からじっと見つめていたが、やがて両腕を開いて彼女を解放した。

「私、上がって朝食の用意をしたほうがよさそうだわ」

「いや、ここにいるんだ」

アレックスの挑発的なしぐさで奪われた平静さを取り戻そうと、アンバーは肩をすくめて彼に背を向け、いかだの方に泳いでいった。彼は追ってこようとはしない。だが、いかだに座って彼が泳ぐのを眺めていると、まるで壁に鎖でつながれた囚人のように、彼のとりこになっているのがわかった。そして彼はその事実をひそかに楽しんでいる。

プライドがアンバーの頭を高く上げさせた。アレックスは内心で、女性を軽蔑している。彼は、優しい母親を愛しながらも男性至上主義者として生き、そして死んだ支配的な父親を、尊敬し崇拝していた。アンバーの父親と同じように、彼女が幸せであろうとなかろうと、気にも留めなかった。そうでなければ、どうしてガブリエルをあきらめないなどと言い張ることができただろう?

今、冷静に考えてみると、アレックスの行動は女性を軽蔑しているという、彼の基本姿勢に根ざしていたことがわかる。アンバーが不貞を働いたとかってに邪推して彼女を罰しようとしているが、その実九年前には彼の愛人を容認し彼のライフスタイルを黙って受け入れるように要求した――彼が男だから、という理由で。

男よりも女に厳しくする二重標準なのよ。顔にかかる巻き毛を払いながら、アンバーは皮肉につぶやいた。ギリシアではまだその伝統が生きている。だが、ニックはそのゆがんだ影響を受けなくてすむ。もっとも、ニュージーランドでも男性至上主義の傾向はかなりひどいもので、マットでさえも例外ではない。

しかしそれはギリシアのように当然のこととして受け入れられてはいない。ギリシアでは花嫁が優しく迎えられるようにと、ダウリーという持参金の制度がいまだに存続しているのだ。

ダウリーといえば、父が払った賄賂《わいろ》はどうなったのかしら？　アンバーはふといぶかった。それにしても、私はなんて幼かったんだろう！　愛を信じ、幸福になる権利があると信じていた無邪気な十七歳のころを思い出して、彼女は胸を締めつけられた。けれど、十七歳では幼くて当然ではないかしら。すべての少女がアンバーのように急激に、手荒に大人にさせられる必要はない。権力についても、アレックスにアンバーとの結婚を承諾させた父親の企業の支配権などに、彼女は興味がなかった。アンバーは財力と権力のある環境で成長し、その二つともが幸福をもたらさないことを知っていた。多すぎるお金は少なすぎるのと同じくらい危険なものだ。ニックにとっては、堕落の危険をはらむ巨額の遺産を押しつけられるよりも、自分自身の手で生活を築くほうがずっと望ましい。

「何を考えてる？」

アンバーは彼の顔を見下ろした。瞳は心ならずも、彼の肉体を楽しんでいる。たくましい腕がいかだの縁で休息し、黒髪は日差しの下でもう乾きかけている。水の中から体を引き上げようとして腕と上半身に力を込めると、肌の下で筋肉がしなやかに動くのが見えた。次の瞬間、彫刻のような体は彼女の横できらめく水を滴らせていた。

アンバーはぼんやりした視線を珊瑚《さんご》礁のかなたに向けた。一羽の海鳥の自由をうらやむように。もちろんそれは幻想だったが、彼女が自分の肉体と心に束縛されているのと同様に、鳥もまた永遠に本能のとりこなのだ。ニックとは強い母性本能で、マットとは最高の友達として、そして今傍らで猫のようにしなやかに体を横たえている男とは、結婚し彼の子供を産んだという理由で、彼女は結ばれている。

「話してくれよ」アレックスはものうい口調で促した。「君はちょっと怒ってて、でも何か決心したように見えた」

彼女は微笑した。「そう？　私、父の遺産はどうなったのかしらと考えていただけ」

「全部僕のところに来たよ。君のことは遺言状に書いてなかった」

彼女はうなずいた。驚きはまったくなかった。「父は男の子を欲しがっていたの。望みのものを手に入れることができてよかったわ」

「君は遺言の無効を訴えることもできるのに」アレックスは外科医を思わせる鋭い目で、彼女を見つめた。「彼の子供として遺産の分与を受ける権利があるんだから」

アンバーは滑らかな肩をちょっとすくめてみせた。「お金なんて意味ないわ――そうね、ほんの少ししか。遺産はどうぞご自由になさって。父は私が生まれた時から私を嫌っていたわ、男の子じゃなかったからよ。私は子供だったから、自分にとてつもない欠点があるんだろう、きっと恐ろしく醜い子なんだろう、と思い込んだわ。父は私のことを、見るも耐えられないって感じだったんですもの。私、母と乳母のことは愛していたわ。だってい やな顔をせずに私を見てくれたから。父が我慢できなかったのは私の顔ではなくて私自身だって気がついたのは、十歳の時よ」

アレックスは彼女の手を取ると、同情を込めて握りしめた。「君はギリシア人の家庭に生まれるべきだったね、アンバー。ギリシア人にとって、子供はみんな宝だ。そんなに息子が欲しかったなら、お父さんはなぜ君のお母さんと離婚して別の女性と再婚しなかったのか、不思議だね」

彼が理解を示したことで、アンバーはかえって用心深くなった。彼に好意を持つのは避けなくてはならない。彼が愛人と別れるつもりはないことに気がついた時のみじめな敗北感をことさら思い出して、アンバーは自分の心に武装した。

「父は父なりに母を愛していたんだと思うわ。母のことをごみみたいに扱っていたのに。息子が欲しいからと離婚をほのめかした時でさえ、母には愛人としてそばにいてほしかったの。母は、もし離婚するなら二度と会わないと答えたわ。それで父はその考えをあきらめたの。もちろん父はそのあとずっと、自分にたてついたことで母に仕返しをしたわよ」

アレックスが優しい口調で言った。「お母さんもお父さんを愛していらしたんだろうね」

「もしそうなら、母はどうかしていたんだわ」母を悼む気持がアンバーをつい向こう見ずにした。「私は男性にあんなまねはさせないわ！」

「それでわかった」アレックスは皮肉たっぷりに言った。「君は男がすることはなんでも怖かったんだ。ごたごたの兆しが見えたとたんに逃げ出した、ばかで気弱なお嬢ちゃんってわけさ」

不当な言いがかりに傷ついて、アンバーは無分別な対応をしてしまった。「兆しが見えたとたんじゃなかったわ。私、自分が作りあげたロマンチックな夢から覚めて、ただ政略結婚をさせられただけだということに気がついて逃げ出したのよ。私は母の人生を見てたから、恋人と一夜を過ごしたあとで家に帰ってくるあなたを待ち続けて残りの人生を送るのなんか、とても我慢できないと思ったの」アンバーは振り向いて彼の姿を見下ろした。広い背中、締まった腰、筋肉質の長い脚。目くるめく欲望の発作に襲われて、声の調子を整えるために彼女は少し待たなくてはならなかった。「どんな気持がするものか、わかってるはずよ、アレックス。私があなたをばかにしたって言うけれど、あなたのほうが先に私を笑い物にしたのよ！」

アレックスは腕を枕《まくら》に横たわり、海面に照り映える光のまぶしさに目を閉じていたが、身を起こすとアンバーの手首をつかんで引き寄せた。飛びかかりそうな目つきが彼女をたじろがせたものの、声は静かだった。「それが僕を捨てた理由か？　僕に仕返しをすることが」

アンバーは肩をすくめた。彼を楽しませるために、心の秘密を打ち明けるつもりはない。

「仕返しだったら、いけない？　私にも言いたいことはあるわ。あなた、いったい何をそんなに怒っていらっしゃるの？　あなたは望むものすべてを手に入れたじゃないの。強大な権力、たくさんのお金、それにお気に入りの女性。九年前、あなたはそれをあきらめなくてはならないほど結婚が大切なものだとは考えていなかったわ。だから私、あなたが復讐を誓うほど苦しんだとは、とうてい信じられない」

彼の手に力がこもった。「何もわかっちゃいないようだな。君はまだばかな小娘のままだ。最初のつまずきで、自分の結婚を守るために闘うことも拒否して逃げ出した。結婚の誓いなど、君にはなんの意味もなかったんだ！」

「結婚の誓いですって？　そんなことを言う資格が、あなたにあるのかしら？」

アレックスの手が緩んだ。彼はアンバーの手を持ち上げ、指が食い込んでいたところに見る見る血の色がさすのを見つめた。そして、「あっ」と小さな声をあげると、かがみ込んで痛めつけた肌に唇を当てた。「すまない、アンバー。キスして治してあげよう……」

アンバーは手を引っ込めたが、彼はぐいと引き戻して彼女のバランスを崩し、気がつくとアンバーは彼のひざの上に横たわっていた。熱い唇があざをそっとなでる。

「やめて！」と叫んで起き上がろうとしたが、手足が動かない。彼にされるがままに、いかだの上に横たえられた。呼吸が、緩んだ口もとから漏れる浅いあえぎに変わった。

彼がささやく。「なんて美しいんだ。森の精のようにほっそりしていて……」唇がウエストの方に移って、アンバーは男のキスが自分の肌にどれほど快感を与えてくれるものか、今さらながら気がついた。欲求が熱いうねりとなって体じゅうに脈打ち、身動きできなかった。

太陽が彼女の長い脚と胸のふくらみを金色に染める。アレックスの頭が光を遮った時、アンバーは小さく抗議の声をあげた。、彼は微笑していた。望んでもいなかった自らの欲望にとらえられた男の、怒りにこわばった微笑。彼は低い声で言った。

「僕の体にさわってくれ、アンバー。君の手でさわってほしいんだ」

頭を振って拒むためには、ありったけの意志の力が必要だった。押し寄せる快感に逆らうことはできないが、おぼれてしまわないように自制はできる。だから指先が彼のたくましい体の輪郭をなぞりたいという欲望にうずいても、アンバーは両腕を体の横にだらりと伸ばしておいた。石のような抵抗の表情で。

アレックスは怒りに顔をこわばらせて叫んだ。「なんて女だ！　感じてないとは言わせないぞ！　僕が欲しいものをよこすんだ」

アンバーはつぶやいた。「何が欲しいの？」

彼の唇が胸のカーブに襲いかかった。「君が恋人に与えているものだ。君自身だよ。僕のものである君のすべてさ。その冷静な美しい顔が、奪ってほしいと僕に哀願するのを見てやろう。ありったけのやり方で、君を犯してやる。このきれいな、僕を裏切った肉体を見ても嫌悪感以外何も感じなくなるまで、君をもてあそぶのさ。飽きたら君を例の恋人のところに連れていって、僕たちがどんなことをしたか話してやろう。そしてやつが君に戻ってもらいたがるかどうか、見てやろうじゃないか！」

怒りと反発がアンバーの胸の中で渦巻いた。しかし彼女は動く勇気がなかった。アレックスの声には固い決意の響きがあった。今の彼は凶暴で危険な雰囲気を漂わせている。こんな彼を見るのは初めてだ。

アレックスの瞳の中の欲望は、情熱などよりはるかに危険な、別の欲求に入れ替わっていた。彼が柔らかな胸のふくらみに顔を埋《うず》めて横たわっている間、アンバーは静かにしていた。大きな体は緊張し、挑発的でさえある。何かの試練のために自分自身を勇気づけているかのようだ。

「復讐って、そんなに大切なことなの、アレックス？」アンバーは弱々しく尋ねた。

彼は声をあげて笑いながら身を起こした。「アンバー、この九年間、財産を残す相手は弟たちしかいないのにこんなに必死に働く必要があるんだろうかと迷った時、この復讐心はいつも僕が自分に約束した小さな楽しみだったのさ。九年は長い。復讐の楽しみは年月に比例して大きくなった。生きがいだったと言ってもいい。これを果たさずに君を解放してやるには僕は待ちすぎてしまった。君をいやというほどたんのうしたら、僕は君と離婚して新しい相手と再婚し、何人か子供も作るつもりだよ」

残酷な言葉。アンバーがたじろぐと、彼のまなざしが輝いた。冷たい微笑を浮かべた彼の口もとが、浅黒い顔の中で無慈悲な切り口のように見えた。

「ぞっとしたか?」アレックスはすぐ近くに鹿《しか》を見つけた黒豹《ひょう》のように、自信をみなぎらせている。

「ええ、もちろん」アンバーの声は震えたが、目だけはそらさず、しっかり彼と視線を交えた。「そういう憎悪って、理解できないわ、私」

彼はにやりと笑った。「それは不思議だね。君自身が認めているように、君の家庭は暗くねじれた感情の温床だったんだろう? 君のお父さんは僕が会った人の中で、もっとも冷酷な人間だと思うけど」

恐怖と嫌悪が悪寒となって肌を走った。「ええ。だから私がいざこざを避けようとしたのも不思議ではないでしょ? 母はとても不幸だったわ」アンバーは身震いした。「それに父もあまり幸福じゃなかったと思うわ」アンバーは体を起こし、その動きを利用して彼から離れた。「人間って、だれかを愛したらその人を幸せにしたいと思うわ。単純で簡単なことよ。でも、もし父が母に感じていたのが愛だとしたら、私はそんなもの、いらないわ」

「君のお母さんは、そのことを君に打ち明けるべきじゃなかったのに」信じられないことに、アレックスは怒っているような口調で言った。「お母さんが亡くなられた時、君はいくつだった? 十六? 君はまだ子供で、両親の錯綜《さくそう》した関係を受け止めるには幼すぎたんだ」

アンバーは笑った。騒々しいだけの、うつろな笑い声だ。「まあ、あなたがそんなことをおっしゃるなんて、意外だこと。だって一年後にあなたは、妻の私が夫の不実に耐えられないほど幼くはない、とお考えになったのでしょ?」

ヒステリーの兆しに気がついて、アンバーは口をつぐんだ。心の奥底にまだ消しがたい苦痛がよどんでいる——茫然としながら、目をしばたたく。何年も前に克服したと思っていた苦悩が招かれざる客のように不意に姿を現すとしたら、アレックスの復讐への執念をどうして責めることができるだろう?

「たぶん、僕が多くを期待しすぎたのだろう」彼はそっけなく言って、さらにアンバーを驚かせた。「だが、僕は少なくとも逃げ出すようなまねはしなかった。僕は努力して、僕たちの結婚がうまくいくような方法を見つけようとしていたんだ」

アンバーは笑い出さないように自分を抑えた。そうしないとヒステリーの発作に取りつかれそうだったから。彼女は苦々しげに言った。「そうね。ただし、あなたは何も犠牲にしないという条件でね。愛人も、二度目のお母さまや取り巻きに囲まれたクレタ島のビラでの楽しい生活も、そして群がる女たちも。あなたはそれらがみんな欲しかったのよ、アレックス。そして私が、服や宝石や、あなたが女遊びと仕事の合間を縫って私のために割いてくださる時間と気まぐれな愛の行為以上のものを求めたからって、私に腹を立てる横暴さを持っていたわ!」アレックスの瞳が怒りの嵐を思わせるように暗くなり、ほおが引きつったのをものともせず、アンバーは最後の言葉を石つぶてのように侮蔑を込めて投げつけた。「そう、ほんとに気まぐれな愛の行為だったわ。お情けで使わせてくださったそのすばらしい肉体！　美しい女と見れば、たいていはものにしたことで有名な、そのお体！」

私はばかだった。そしてアレックスはいつも私の神経を逆なでし、かんしゃくを起こさせることができた。彼は私にそういう影響を及ぼすただ一人の人間だ。ふだんの私は冷静で落ち着いている。今もほんとうはそうしているつもりだったのに。

かんしゃくの発作がおさまると、アンバーは自分の罵倒が引き起こした結果が急に怖くなった。アレックスはばかにしたように唇をゆがめ、冷酷なまなざしで彼女の顔を見つめている。

「今の言葉は」彼はアンバーをいかだの上に押し倒しながら言った。「挑戦だね？　僕は挑戦を受けるのが好きなんだよ、アンバー。とりわけ、受けて勝てるとわかっている挑戦はね」

5

「いや！」アンバーは叫んだ。しかしアレックスは含み笑いをしながら容赦なく彼女をいかだの上に押さえつけ、唇をのどに押し当てた。

アンバーが晴れわたった空をやり場のない怒りのまなざしで見上げた時、彼は彼女のぬれて滑らかな肌の上でつぶやいた。「これは君が望んだことだ」

「嘘《うそ》よ！」

「嘘つきは君のほうだ。じゃ、なぜ女神のように裸で泳いだ？　家に水着はいくつもあるのに」唇がくすぐるようにアンバーの肌の上で動いた。

「どれも嫌いだからよ。下品で……安っぽくて、不潔で、いやらしいわ」

アレックスは声をあげて笑い、彼女の唇の端にキスした。「安くはなかったよ。それにどんなに下品でも僕が用意した水着を着けたほうが、まだ恥ずかしくないんじゃないのかな？　裸よりは」

「私はそうは思わないわ」アンバーは彼の愛撫《あいぶ》に何も感じていないふりをしたくて確信に

満ちた口調を装おうとしたが、声の震えを止めることはできなかった。「私は自分の体を恥じてはいないわ。でも、あの……あそこにあったものはみんな挑発的で、みだらなのぞき趣味をそそるものばかりじゃないの」

アレックスはまた笑い、彼女に熱い息を吹きかけた。「まあ、好きなように考えるさ。ただ、君が僕に体を奪われるのをほんとに怖がってるのなら、何か身に着けたはずだと思うがね。僕は文句を言ってるわけじゃない。きれいな裸身を誇りにしている水の精と一緒に暮らすのは、さぞ楽しいことだろう」

アンバーは狼狽《ろうばい》した。なんと答えようかしら？　彼の言うとおりなのだろうか？　小さな布切れを着けることを拒んだのは、彼に屈服したいというひそかな願望の表れだろうか？

アンバーは唇をかみ、慎重に言った。「私、あなたがビーチに来るなんて思わなかったのよ、ほんとうに……」そこまで言って、アレックスがちょっと顔を上げて不信の表情で微笑するのに気がついた。憤りにほおがかっと熱くなる。「あんなもの、大嫌いだわ。おもちゃか見せ物みたいな扱いをされるなんて、まっぴら」

アレックスはくっくっと笑い、片手をアンバーののどから肩、そして胸へとゆっくりはわせた。「いったい何度言ったらわかるんだ？　ここにいる間は君は僕のおもちゃなんだよ。君は僕の望みどおりに動く。さもないと、君の恋人が苦しむことになる」

彼がアンバーの胸のふくらみをそっとかんだ。彼女はおののきを抑えられない自分を憎んだ。だが漏れそうになった小さなうめき声は、かろうじてのみ込んだ。

灼熱《しゃくねつ》の太陽がじりじりとアンバーの肌を焼き、体の奥深い部分に太古の情熱を呼びさます。なんという屈辱だろう、彼を欲しがるなんて。彼と別れていた間に、ほかの男性と関係を持つべきだったのかしら？　そうすれば、男性の熱い息づかいやくちづけに快い解放感以上のものを感じることもなかったかもしれない。

しかしそうはいっても、アンバーはアレックス以外の男性に欲望を抱いたことは一度もないのだ。ハンサムで、生き生きしていて、魅力にあふれたマットに対してさえも。若くしてアレックスと結婚したため、私の肉体は彼以外の男性に反応できなくなっているのではないだろうか。

そしてアレックスはたぎる復讐《ふくしゅう》心をいやすために、私の体を奪おうとしている。

彼の舌に腹部をくすぐられて、全身を貫くうずきに耐えながら、アンバーは抑えた声で言った。「ここで愛し合うつもり？　ヨットがこちらへ向かってきているけれど」

アレックスは動きを止め、沖の方を振り向いた。顔がアンバーの胃のあたりにあり、固く引きしまった体が彼女の下腹部から脚にかけて重なっている。その瞬間、時は停止したかに思えた。穏やかに寄せては返す波の動きに合わせて、いかだが規則正しく揺れる。小さなビーチに砕ける柔らかな波の音。木々の間で鳴き交わすせみの声。そして不調和に明るいつぐみのさえずり。

アンバーはあおむけに横たわり、自分の肉体と感情とプライドをもてあそんでいる男に組み敷かれたまま、奇妙な満足感を味わっていた。アレックスの胸が呼吸とともに上下し、腹部をくすぐるひげの感触がぞくぞくするような興奮をかきたてる。

私は堕落に向かっているんだわ。アンバーが思いがけない肉体の歓《よろこ》びに逆らっていると、アレックスがため息をついて言った。「君の言うとおりだ。だれにも見られないところに行こう」

家に帰ると、アレックスはアンバーが一人でシャワーを浴びることを許した。そのあと彼女は、キッチンで彼が動き回っている物音を聞きながら、急いでショートパンツとブラジャーを身に着けた。まるで内気なバージンのようにふるまうのはばかげている。ドレッサーの前で髪をとかす間、ふと居直った気持になる。私はアレックスの妻として五カ月暮らし、ベッドをともにした。そして刺激的な歓びを味わった。彼はあんなにもすばらしい恋人だった。

だとしたら、再び彼の愛の技巧にさらされることを思うだけでなぜこんなに気持が揺れるのだろう？　私がひどく心をかき乱されていることを知ったら、アレックスはこの〝傲《ごう》慢《まん》な猫と怒ったねずみのゲーム〟にいっそう拍車をかけ、私はきっと自分の肉体の裏切りを隠しおおせなくなってしまうに違いない。

たぶん、それが彼のねらいだろう。私が再び彼を愛するようにしむけ、私が彼を求めた時に手厳しくはねつける気なのだ。アンバーはふさふさしたカールをなでつけながら、鏡の中の自分の目を避けた。黄金色の深みの中に何か恥ずべきものが潜んでいるかのように。

アレックスはコーヒーをいれ、テーブルについてトーストに蜂蜜《はちみつ》をつけて食べていた。色あせたぴっちりしたショートパンツとTシャツが、ギリシア彫刻のような均整のとれた体を、覆うというよりほとんどあらわにしている。みぞおちのあたりに奇妙なうずきを感じて、アンバーは自分に怒りを覚えた。

アンバーがテーブルに近づくと、彼は立ち上がった。瞳の中には危険なきらめきが見えたが、声はさりげなかった。「これはすばらしい蜂蜜だね。なんて名前だったっけ？」

「ポ、フ、ツ、カ、ワ。マオリ族はイタリア語と同じ母音を持っているの。だからどんなに長い単語でも、音節で切れば発音は簡単よ」

「ギリシア語とは違うんだ」彼女がギリシア語を学ぼうとしていたことを思い出したらしく、アレックスはあざけるように言った。

そうだった。だれもアンバーと英語で話してはいけないとアレックスの父が主張し、アレックスも父親に同意したのだった。もちろん、それが外国語を習得する早道だということはわかっていた。けれどホームシックの少女を孤立に押しやるのは、残酷なしうちではなかったかしら……。

ああ、今は思い出に浸っている場合ではない。「ええ、違うわ」アンバーは淡々と受けて、彼の向かいの椅子に腰を下ろした。テーブルは小さくて、彼の脚に触れないように、アンバーは自分の脚を椅子の下に入れなくてはならなかった。そして目を伏せたままトーストに手を伸ばした。

「君はかなり上達していた」彼はアンバーが怒りと絶望の日々を思い出してどぎまぎしているのにもおかまいなしに続けた。「あのままとどまっていたら、今ごろはギリシア人と同じように話せていただろうな」

「ガブリエルと同じくらい？」アンバーはかわいらしい口調でちくりと言った。

アレックスはカップを前に押し出した。「お代わりを頼む。いや、ガブリエルのギリシア語は片言の域を出なかったよ。彼女はフランス人で、フランス人というのはフランス語以外の言葉は軽蔑《けいべつ》してるからね。英語もうまくはない」

「それでわかったわ、あなたがフランス語で愛をささやくわけが」アンバーはすんなりと言い返した。「でも、彼女の英語はそんなにひどくなかったわよ。私、彼女の言ってることが正確に理解できたんですもの」

アレックスはきっと顔を上げ、鋭く言った。「なんだって？　ガブリエルとは一度も会ったことはないだろう？」

アンバーは、まず彼のカップを満たし、自分のぶんもついだ。ポットを下ろして冷ややかに答える。「ところが、会ったことがあるのよ。いつだったかイラクリオンを散歩してたら、彼女がやって来たの。そしてこう言ったわ。〝私、妊娠してるの。アレックスの最初の子供を身ごもってうれしいわ〟って。ギリシア人は愛人に産ませた子供でも心からかわいがるから、彼女は赤ん坊と一緒にあなたのそばにとどまるつもりだと言って笑っていたっけ。私や、私が産むかもしれない子供のことなど、まったく競争相手とみなしていないって態度だったわね」彼女は水晶のように透明な瞳を見つめて続けた。「あなたも覚えているはずよ、あの日のことは。ガブリエルはあなたの愛人なのかって私がつたないギリシア語できいたら、そのとおりだとあなたは認めたわ。私、今度は英語で、彼女と別れるつもりかと問いつめた。するとありがたいことにあなたも英語で――なぜって、英語じゃなかったら、私は理解できなかったと思うから――彼女をあきらめる気はないって答えたでしょ?」アンバーは昔を思い返しながら締めくくった。「あの瞬間、私の心の中で何かがぷっつり切れたの」

抑制のきいた声でアレックスが尋ねた。「ガブリエルが君に話したことを、なぜ僕に言わなかった?」

アンバーは肩をすくめた。「どうでもいいような気がしたの。あなたはだれにいちばん愛着を持っているか、はっきりわからせてくださったから。私が知りたかったのはそれだけでしたもの」

「愛着！」アレックスは激して叫び、しばらくして、考え考え言った。「そう、愛着というのが正しい表現だろうね。ガブリエルは賢くて経験豊かな女性だ。僕は彼女が気に入っていた。赤ん坊ができたのは過ちだったけど、彼女を追い出すことはできなかった」

「もちろんだわ、彼女を愛してらっしゃったのなら」のどの渇きをいやそうとして、アンバーはうつむいてコーヒーをすすった。

アレックスは細めた目でいらだたしげに彼女の蜂蜜色の巻き毛を見つめた。「僕の評判をもっと落とすことになると思うが……僕は彼女を愛してはいなかったよ」彼は皮肉っぽく言った。「そのことは彼女も承知していた。ガブリエルは――怠惰《たいだ》な女でね。頭はよかったんだが気力を欠いていた。美貌《びぼう》と、愛人としてのテクニックをもとに、優雅に暮らすのが好きだった。まあ、それがもっとも楽な生き方だったわけさ。愛人としては完璧《かんぺき》だけど、妻になる資格はない。言ってみれば、妻は木綿、ガブリエルは絹ってとこかな。僕が財産を失ってたら、ガブリエルはさっさと僕を捨てただろうね」彼はコーヒーを飲み干し、冷たく続けた。「あの女がそんな意地の悪いまねをしたとは、思いもしなかった。彼女は君の存在に脅威を感じて、君を追い払う策略を巡らせたんだよ。彼女は君に、僕が彼女を愛していると言ったかい？」

アンバーはゆっくりと首を振った。「いいえ、そうはっきりとは。でも、確かにそんな印象は受けたわ」

「抜け目のないガブリエルのことだ、君のような小娘を欺くことくらい朝飯前だっただろう。彼女はぜいたくな暮らしをだれにも邪魔されずに続けたかっただけさ。赤ん坊を死産した時も、たいして悲しそうじゃなかった」アレックスはあざ笑った、明らかに彼自身を。「子供は死ぬ運命だったんだろう」その遠回しの言葉は張りつめた空気の中では行き場を失った。彼は何か心を決めた様子ですっと立ち上がった。

彼が階下へ下りて有力な実業家の務めを果たしている間、アンバーは食器を皿洗い機に入れ、床をほうきでざっと掃いた。片づけを終わったのはまだ午前も早い時間で、彼女は食卓での会話を思い出して落ち着かない気持になった。

ガブリエル・パトウ。アンバーは今でも彼女を鮮明に覚えている。アンバーの人生を破滅させようと必死に試みながら、哀れむように微笑していたエジプト人風の切れ長な目。長い年月を経て、アンバーはようやく確信できた。あのフランス人女性もアレックスの男性至上主義の犠牲者だった、と。

たぶん、ガブリエルは彼女なりにアレックスを愛していたのではないだろうか。世界の富豪が集う有名な保養地を去り、クレタ島のアレックスのそばで暮らしていたのだから。それに相手の男の子供を身ごもって産むということは、一種の愛の証《あかし》だ。

アンバーは日差しの中に足を踏み出し、この島を探険しようと心を決めた。丈の高い茂みの間を縫う小道は、海風の通り道から外れているため空気は微動だにせず、むっとするほど暑い。

島は小さいが地形が険しく、隣の岬に着くころには彼女は息を切らせていた。ポフッカワの幹にもたれてほっと一息入れる。がけは五、六メートルほどの高さで、ひるがおの花に覆われた斜面の下にビーチが広がっていた。

熱い風が上気したほおをなでる。振り返るとアレックスの家が茂みと海を背景に、まるで漂っているように見えた。懸命にこの岬までやって来たというのに、牢獄《ろうごく》からたいして遠ざかってはいなかった。

アンバーは絶望に近い気持で沖を見つめていた。アレックスに抵抗することはできる、彼が高圧的な態度で接してくるかぎりは。でも朝食の時のように彼が警戒心を解き、子供の死を悼んで瞳を曇らせたりすると、アンバーは自分が花のように彼に心を開くのがわかった。そうなれば、彼はひどく危険な存在だ。

ひっそりと静まり返ったマヌカの林を歩きながら、ニックが自分の息子だという事実を知ったらアレックスはどんな反応を示すかしらと考えた。もちろん大喜びするに違いない。けれども同時に、私が恐れている強い所有欲に駆られて、ニックを私から奪うだろう。それも耐えられなくはない――胸が張り裂けるほど悲しくはあっても。ただ、ニックが父親と同じように女性を男性よりも劣ったものだと信じて、真実の愛を知らない大人になるのだけは許せない。

自分を呼ぶ声がしてアンバーは振り向いた。アレックスが家のテラスに立っていた。この距離からでさえ彼が怒りをみなぎらせているのがわかる。彼女は返事をしなかった。用事があるのなら、彼のほうから来ればいいのだ。むち打たれた子犬のように、彼のもとに駆けつける気はない。

アンバーは木陰に座り、アレックスを待った。彼は濃厚な香りを放つマヌカの林の中を、獲物に忍び寄る黒豹《ひょう》のように近づいてくる。ついに姿を現した時、太陽の光が彼の黒い髪の上で赤いしま模様を描いた。彼はいぶかしそうにアンバーを眺めたが、無言で横に腰を下ろした。

「君が愚かにも逃亡を企てたのかと思ったよ」アンバーが首を振ると、彼は微笑した。愉快そうな微笑ではない。「しかしすぐに思い直したよ。君が僕から逃げ出せば、君の恋人は非常に困った立場に追い込まれる。君はそんなまねはしないはずだ。彼はいったいどうやって君をこれほど忠実な女に仕立てたんだ？」

アンバーは答えなかった。耳の奥で、速い鼓動が危険を予告するかのようにこだましている。その時、二人の背後で甘く訴えるようなさえずりが聞こえた。アンバーは海の方へ向き直り、目を細めて晴れわたった空を見上げた。

「鳥は林の中だ。でも君は海の上空を見ている。なぜなんだ？」

彼女は微笑した。「あれはリロリロ。つぐみの一種なの。言い伝えによると、雨を告げるんですって。私、すぐにも降り出すかどうか、雲の様子を調べているのよ」

アレックスは彼女の視線を追い、知ったかぶりの顔つきで、輝く青空をしげしげと見上げた。「僕には雨が降るとは思えないけど、土地勘のあるリロリロの意見のほうが正しいのかな？」

アンバーはこんな時の彼がとても好きで、にっこり笑った。「リロリロの予報の適中率が科学的に立証されてるかどうかは知らないけれど、私の感じでは一日くらいずれてもだいたい当たるような気がするわ。でも、かんばつの年以外は、あのあたりにはいつも雨雲があるの」彼女は南西の空を指さした。「私よりもマットのほうが……」アレックスの命令を思い出した時はもう手遅れだった。後ろめたそうに言葉を切らなかったら、まだ救いがあったかもしれない。彼はアンバーのほうに振り向くと、ぎらぎら光る目で赤くなった彼女を冷ややかに眺めた。

「君も進歩したようだな」気づまりな沈黙のあとでアレックスが言った。「しかしそのおいしい唇の上にやつの名前を残したままにしておきたくない。僕の名前を呼ぶんだ」

アンバーは口もとを引きしめたが、言われたとおりにした。

「もう一度」彼は低い声で命じた。「今度は気持を込めて」

アンバーは疑いようもなくはっきりと、気持を込めて彼の名前を呼んだ——汚い物でも吐き出すように。

彼の瞳の冷たい怒りが楽しそうな色と入れ替わった。「今の呼び方のほうがいい。君は、僕をこんなに嫌っているくせに、僕を求めずにはいられない。そう思うと楽しいよ」

「あなたの自尊心がくすぐられるんでしょ？　わかるわ」アンバーはさげすむように言い返した。「でも、相手はあなたにかぎったことじゃないのよ。感じのいい男性ならだれでもいいわけ。それは肉欲と呼ばれ、人類を存続させてる原動力なのよ」

アレックスはにやっと笑った。目がいたずらっぽくきらめいている。「下品なふりをして僕の反応をうかがう君が気に入ったよ。おとなしいけど、絶対に僕のしかけたわなから逃れようとしている若い雌鹿《めじか》みたいだ」

アンバーは肩をすくめた。「鹿って野性が強くて手に負えない動物だわ、暗くした部屋以外ではね」

突然アレックスが頭をのけぞらせ、大声で笑い出した。アンバーのほおにさっと血が上った。「なるほど。じゃあ、僕が君を鹿にたとえたのは、まさに適切だったわけだ。鹿は暗闇《くらやみ》の中で扱わなければならないなんて、知らなかったけど。ま、僕は農業に関しては無知だからね、山羊《やぎ》の乳を搾るくらいで。君は牧場の仕事にやりがいを感じてるのか？」

アンバーは疑いのまなざしで彼を見た。しかし他意はなさそうだ。「ええ。人の役に立っているという手応《てごた》えがあるの。まったく飽きないわ」

「しかし、必ずしも君がやる必要はないわけだ」

「だれかがする必要があるのよ」彼女はがんこに言い張った。「必要といえば、あなたのなさってることもどのくらい、ほんとうに必要なことかしら？」

「君の仕事と同じ程度だろうね」彼は平静に受け流した。「だれかがものを生産し分配して、国々の経済を発展させ、貧しく飢えた人々に援助の手を差し伸べることが必要なのさ」

アンバーは興味をそそられた。彼がステファニデス財閥を権力以上のものとみなしていたとは、想像もしなかったことだ。彼をこれまでとは違う角度から見直さなくてはならないが、それは歓迎すべきことだろうか？　彼女にはわからなかった。そして、好奇心からきかないではいられなかった。「ご自分のお仕事をそんなふうにとらえていらっしゃるの？」

「おかしいか？　ギリシアは老い、疲れている。毎晩大勢の子供たちが腹をすかせて眠り、西欧では何世紀も前に克服した病気で死ぬ赤ん坊もいる。品物を運ぶ船がなかったら、もっとたくさんの人々が飢えと病気に苦しむだろう。人々によりよい暮らしを提供するために努力するのが、取るに足らないことだろうか？」

「だけど、必ずもうけていらっしゃるんでしょ？」

鋭い口調だったが、アレックスは気に留めた様子はなく、緑のじゅうたんの上に長々と寝そべった。「利他的行為にも限度はあるのさ、アンバー。だが、僕にやる気と喜びをもたらすのは金じゃない。挑戦なんだ。やられたら、やり返す。男は闘う生き物なんだよ。さあ、静かにしてくれ。僕は眠りたい」

アンバーは立ち上がろうとしたが、手首をつかまれてしまった。

「僕のそばにいるんだ」

彼女がしぶしぶ従うと、やがて手首をつかんでいたアレックスの指が緩んだ。彼は昔から、どこででもうたた寝をする特技を持っていたわ。アンバーはハンサムな寝顔を見つめながら思った。年月は彼に優しかったとみえて、髪に白いものは混じっていないし、顔のしわも九年前より深くなったとは思えない。しかしそれにもかかわらず、青年の若々しさは消え、顔の輪郭には成熟した男性の力と誇りが漂っていた。

アンバーはそっと手首を抜き、ひざの上にあごを載せると、かすかな悲しみのこもった瞳でアレックスを見つめた。この人は私に復讐を誓っている。おびえて当然なのに、私はなぜ熱い夏の日差しのもとで彼の寝顔を見つめ、この上ないほどの幸福感に浸っているのかしら？

アレックスは三十分ほど眠ると、ぱっちり目を開けた。グレーの瞳は眠気も消え、さえざえしている。

「お疲れなの？」アンバーは愚かな質問をした。

彼は微笑した。「いや。しかし、木陰で美女をはべらせて眠ったのは何年ぶりだろうな」

アンバーもそれとなく軽蔑を込めてほほ笑んだ。「以前のあなただったら、眠るなんて考えられないわ。お年には勝てないってことかしら、アレックス?」

彼の視線が鋭くなった。「それは、誘いかい?」

「いいえ、違うわ」アンバーはあわてて否定した。心の奥底には彼の指摘が正しいと認める、恐ろしい思いがあった。動揺を隠そうとして、彼女は急いで続けた。「アレックス、私を自由にしてくださらない? あなたはほんとうに私が欲しいわけでもないんだし……」

アンバーはそう言ったとたんに後悔した。しかし今さら引っ込みがつかず、彼がわけ知り顔で笑うのを眺めて自分を呪《のろ》うほかなかった。

「すまなかった、ダーリン」アレックスはささやくように言って、彼女の全身を眺め回した。「君をもっとかまってあげなくちゃいけなかったようだね」アンバーは首を振って否定したが、彼のひざの上に押し倒されてしまった。「はっきり言えばよかったのに」目をぎらぎら光らせ、アンバーの無表情な顔を探るように見つめる。「君はただ、欲しい、と一言言えばすんだのさ。僕は喜んで応じたはずだよ、僕のかわいいお嬢ちゃん。僕は君が再び僕に慣れるのを待っていただけなんだから」

アレックスは嘘をついている、アンバーは直感した。私の肉体が今でも彼の魅力に反応してしまうというやっかいな事実を盾に、私をからかい、苦しめているのだ。

ちょうど今もそう。アンバーの胸の頂は硬くなり、こめかみと唇の上に小さな汗の玉が噴き出していた。みぞおちの下に甘美な痛みが走り、彼が片脚で彼女の脚を割って思わせぶりに動かした時、下半身が燃えるように熱くなった。

アンバーは息を詰めたが、どうにかそっけなく言ってのけた。「私、待つのにうんざりしただけよ。もし私に乗っかるおつもりでしたら、今すぐそうしていただけないかしら?」

「乗っかる?」彼はわざとらしく驚いてみせた。「おやおや、それが君の望みなら、もちろん僕はそうするよ、アンバー。しかし、まず僕のやり方を試してみたらどうだろう? 乗っかるよりは優雅だって請け合うが」

アンバーは口を開いて抗議しようとしたが、彼の唇が一瞬早く彼女の口を覆った。荒々しいばかりで優しさのかけらもないキス。アンバーは体をこわばらせたが、彼は容赦しなかった。次の瞬間、彼はさっと二人の体勢を入れ替えて、両腕で彼女を押さえつけた。無表情な目が、彼女の怒りでゆがんだ顔とふくれ上がった唇を眺め回す。

「君は荒っぽいのがお好みらしいね、アンバー? 僕のベッドで不満だったのは、それが理由かい? 僕は君を綿菓子のように扱ったからね。子供の君を怖がらせないように、注意をしたものさ。すると君は別の男のところへ走った。やつはどんなふうに君を扱うんだ、アンバー? 君に苦痛を与えて喜ぶタイプ……」

「やめて」アンバーは不愉快な言葉と、ぞっとするほどいやらしい口調に身震いした。「アレックス、そんなんじゃないの」

　アレックスのまゆが、またあざけるようにつり上がった。「違うって？　しかし君も今では、もちろん少しばかり激しいのが好きなんだろう？　たっぷり経験を積んだんだから。君はもう大人の女だ。自分が欲しいものを知ってるし、それを要求することさえできる。さあ、僕が君の要求に応えられるかどうか、試してみよう」アレックスは片手を彼女ののどにはわせて、脈打つくぼみを指先で軽く押さえた。「ほら、君はこんなに僕の愛撫に感じてる」彼は満足そうにつぶやくと、頭を傾けて指を当てていた部分にキスした。

　アンバーは彼に組み敷かれた体を硬くして、突き上げてくる欲望を懸命にこらえた。アレックスは私を挑発し、冷静にタイミングを計って、私がもっとも屈辱を味わうようなやり方で犯す気なのだ。私の欲望を逆手に取って誇りを傷つけ、そうすることによって彼自身の自尊心を満足させるつもりだ。

　なんてむなしい試みだろう。アレックスの唇がのどから肩の方へゆっくり滑っていく間、アンバーは石のように横たわっていた。彼は、他人の持ち物だと誤解している私に、自分を与えることが怖いんじゃないかしら？　アンバーは薄目を開け、あの自信たっぷりな外見の下に不安が潜んでいるのだろうかといぶかった。

　アンバーのうっとりしたまなざしが、くじゃく鳩《ばと》の動きを追った。輝く大気の中に、彼女の低いうめき声が流れた。思考は停止していた。アレックスが彼女の胸の上でほほ笑み、ふくらみにキスして存分に楽しんでいる。アンバーの震える手が彼の黒い髪に触れた。

「ああ、アレックス」両手が彼の頭を抱き寄せる。

彼の手がアンバーの胸から腹部、そしてさらに下へと熱い軌跡を描いて動く。「なんて滑らかな肌だろう。まるでシルクのようだ……」

小さなブラジャーは外れてアンバーの体の下にあった。アレックスの指がショートパンツにかかった。その下に着けているのは、こんな場合のために彼が選んだレースとシルクでできた布切れだけ。

「やめて」アンバーは心にもない抗議の声を発したが、彼の指がレースとシルクの下に滑り込んできた時、恥ずかしさも忘れ悲鳴のように彼の名前を叫んだ。

6

「僕が欲しいんだね？」

「ええ」もう否定してもむだ。呪《のろ》わしい手が動き、そっと体を押さえ、アンバーは甘い拷問の苦しみに大声でわめき出しそうだ。

「じゃ、そう言って」

「アレックス……」彼が唇を滑らせてもう片方の胸のふくらみにキスすると、アンバーは声をとぎれさせた。

「僕が欲しいと言ってくれ、アンバー」

彼女は言われたとおりにした。自制心はとっくに失っている。しかしアレックスは満足しなかった。

「もう一度」

体を引き裂かれるような飢えを満たしてもらうためなら、アンバーはどんなことでもしたに違いない。「あなたが欲しいの」と彼女はささやいた。「お願い。ああ、お願いよ、アレックス」

彼の手が、唇が、ぴたりと動きを止めた。彼は長い間あおむけになって息を弾ませていたが、やがて起き上がるとアンバーの上気した顔を見下ろした。「もちろん、君は僕が欲しいに違いない。腹立たしいだろう？　さげすんでる男を欲しいなんて。さあ、起きたまえ。僕たちの小さな牢獄《ろうごく》を一まわりしよう」

アンバーはこうなることを予期し、警戒していた。だが、それでも満たされない飢えのために全身がうずき、殺してやりたいほどアレックスが憎かった。彼女は力なくショートパンツのウエストのひもを結び、ブラジャーを拾い上げた。ホックを留めようとした時、彼の手が伸びてそれを奪い、彼女を引っ張って立ち上がらせた。

「ブラジャーを着けていないほうが好きだ」アレックスはブラジャーを小枝に引っかけて平然と言った。

アンバーはむき出しの胸のあたりが熱くなるのがわかったが、返してくれと哀願はしなかった。その代わりにそれを小枝から外し、彼のシャツのポケットに押し込んだ。「こんな姿でいるところをヨットに乗ってる人たちに見られたくないわ」

「僕には河岸所有権があるからね、彼らはかってなまねはできないさ。それにもしヨットが近づいてきたら、林の中に隠れることができるよ。さあ、おいで」

アンバーは首筋が痛くなるほど頭を高く上げ、彼の先に立って歩いた。奇妙なことに、そして彼が知ったらひどくいらだつに違いないが、彼女は恥ずかしさを感じなかった。島はエデンの園のように静かで、しかもひそやかな期待に満ち、かすかな興奮をかきたてる。ひとたび狂おしい情熱から解放されると、彼女はいつの間にか彼との散歩を楽しんでいた。

アレックスは引きしまった腰をぴったり包む色あせたショートパンツに黒いTシャツ姿で、はだしで楽々と歩いている。彼女は時々視線を吸い寄せられ、あわてて目をそらさなければならなかった。

島の地形は海際へ近づくにつれて険しくなり、木木は強い潮風のためにいっせいに陸の方へ曲がっている。二人はやがてマヌカの密生した茂みにぶつかり、刺《とげ》のある枝に行く手を阻まれた。

「僕が先に行く」アレックスはマヌカの枝を押さえた。

アンバーは枝の間をすり抜けた。小枝が一本肩の上に落ち、彼女はそれを払いのけた。もう一度落ちてくる。攻撃を受けた虫が柔らかな肩をかんで反撃に出た時、彼女は初めてそれが木の枝ではなかったことに気がついた。悲鳴をあげ、必死で払い落とそうとする。

アレックスは一声叫ぶと彼女のそばに来た。虫を地面にたたき落とし、両手で彼女の肩をつかんだ。「これはなんだ？　毒を持っているのか？　君の肩をかんだぞ――ほら、血だ！」

ほっとすると、急にひざの力が抜けた。アンバーはむやみにしゃべりたくなった。「大丈夫よ、アレックス。あれはウエタという、こおろぎの一種なの。ふだんは人をかまないんだけれど、私が払い落とそうとして驚かしたからいけなかったんだわ。かわいそうに……」

「わかった」アレックスは優しく遮った。アンバーは彼の胸にほおを寄せ、胸の鼓動に聞き入った。彼は少し体を引くと、彼女の肩に唇を当て、舌先で小さな血の玉をなめた。夏の大気の中で、二人は凍りついたように立ちつくした。彼の唇が肩から唇に移ってくると、アンバーは興奮をかきたてられると同時に心を慰められた。

彼はいったいどういう男なのかしら？　あんなふうに私に屈辱を味わわせておきながら、すぐにまた優しくしてくれて。私が体を差し出した時は拒んだくせに、ちょっとした危険に身をもってかばう。わからないわ、あなたって人が。なぜか涙があふれ、アンバーはあわててまばたきし、はなをすすった。

「君のハンカチはどこだ？」

「私のショートパンツにはハンカチを入れる場所なんかないわ」

アレックスはくすくす笑うと自分のハンカチを取り出して、アンバーの手の中に押し込んだ。「ハンカチをなくすたびに、母に厳しくしかられたものだ。はなをすすったりしようものなら……」

アンバーは涙をぬぐい、アレックスの腕の中から抜け出した。泣き笑いしながらハンカチを差し出すと、彼はそれを受け取って、まじめくさった顔でブラジャーを返してよこした。二人とも無言だ。この柔和な表情の下にどんな思いが隠されているのだろう？　アンバーはブラを持ったまま考えた。

「それを着けたら？」アレックスが穏やかに促した。「さもないと、僕は君がトップレスの姿を見せつけて楽しんでいるって誤解しかねないよ」

顔が真っ赤になるのがわかった。くすくす笑う声に背を向け、アンバーは急いでホックを留めた。しかし二人でビーチに向かっていた時、アンバーはどうしても言わずにはいられなくなった。「ほんとはね、ブラジャーなしでいい気分だったの――解放されたようで」

「しいっ！　だれにも言っちゃだめだよ。僕はファッション・ビジネスにも関係してるんだから」

アンバーは笑い、自分がトップレスを楽しむことができたのは、アレックスがいやらしいそぶりをまったく示さなかったためだということは黙っていた。彼は底の知れない複雑な男。

アレックスの体から視線を引きはがすことは不可能だった。肩からウエスト、長い脚へと続く筋肉が、歩くにつれてエレガントな動きを見せる。まるで黒豹《ひょう》だわ、とアンバーは思う。強さと美しさが結びついている。私の全身が飢えたように彼を求めるのも無理ないことではないかしら。

出し抜けにアレックスが足を止め、アンバーは危うく彼にぶつかりそうになった。

「どうしたの?」

「しいっ! 静かに」

すぐに彼女にも聞こえた。声だ。数人の男の声が、あまり離れていない前方から聞こえる。

「ここで待っていなさい」アレックスは声をひそめて言うと、足音を忍ばせて小道を進んでいく。アンバーはあとを追った。彼はまた足を止め、怖い顔で振り向いた。「言っただろう、待っていなさいって」

「なぜ? ヨット遊びをしてる人たちよ、きっと。アレックス、ここはニュージーランドなのよ。人の声がしたからって、警戒する必要はないわ」

落ち着かない気持で二人が顔を見合わせている時、一人の少年が突進してきたと思うと、次の瞬間何かにつまずいて、アレックスの足もとにばったり倒れた。そのままで息を弾ませているのを見て、アレックスが手を貸して立ち上がらせた。

荒い息づかいがおさまると、少年はアレックスの腕から体を離して謝った。「僕……ごめんなさい。あなたに気がつかなかったの。あなたのヨットはどこ?」

アレックスは声をあげて笑った。「ヨットはないよ。僕はこの島に住んでるんだ」

少年は十歳か十一歳ぐらいで、ひどく感銘を受けたようだった。「アメリカ人のうちに？　おじさんがあの大金持なの？」

「おじさんのしゃべり方、アメリカ人のようかい？」

少年は首を振った。「ううん。でも、おじさんは外国の人でしょう？」

「ああ、そうだよ。ところで坊や、どこへ行こうとしてたんだい？」

「走ってただけだよ。今日、久しぶりにヨットから降りたものだから」

それ以上何もきく必要はなかった。少年が有り余るエネルギーを発散させたくなったのは当然だ。アレックスは優しく忠告した。「スピードを落として足もとに注意するんだよ。道は狭くて、でこぼこしてるからね」

少年は平然と答えた。「僕、もう走らないよ。これからおじさんと一緒に行きます」

少年は無邪気な口調で、家族とともに一週間のヨット旅行を楽しんでいるのだ、と話した。鯛《たい》を三匹、カハワイという魚を一匹釣り、みんなで食べたこと、また昨日は父親がまぐろと思われる巨大な魚を針に引っかけたけれど最後に逃げられてしまった、と打ち明けた。

アンバーは少年の頭越しにアレックスと顔を見合わせて微笑した。感じのいい少年で、ブレント・ジョーンズという名前だった。アレックスがもったいぶった様子で自分とアンバーを紹介すると、少年は礼儀正しく握手して、二人を浜でのバーベキューに招待した。

「パパとフィルおじさんがダイビングに行って、えびをつかまえたんだ。フォイルに包んでバーベキューにするって、ママが言ってたよ」少年はふと何かを思いついたらしく、心配そうな青い瞳をアレックスに向けた。「この島でバーベキューをしてもかまわないんでしょう?」

アレックスはほんのわずかためらったあと、答えた。「かまわないよ。ただし、ビーチを汚したり林に火をつけたりしないって約束するならね」

「そんなこと、しませんよ」ブレントは熱心に請け合った。「僕たち、気をつけていますから。この島はビーチのそばまで森が残っている、湾でただ一つの島だって、ママが言ってました」

三人は木立を抜け、アレックスの家がある入江のちょうど反対側にあたる白く輝く砂地に出た。少年の家族が見えた。アンバーの横でアレックスが油断のない目つきで一家を眺めていたが、木立からずっと離れた場所で楽しそうにファミリー・パーティの準備をしている人々に、警戒心を抱く理由は発見できなかったようだ。

三人の到着はすぐに気づかれた。女性が顔を上げ、隣の男性に何かささやいた。その男性はバケツを下に置くと、彼らのところにやって来た。

「パパ、ステファニデスご夫妻だよ」ブレントは得意げに言った。「おじさんはこの島の持ち主だけど、僕たちがバーベキューするのはかまわないって。僕、ビーチを汚したり小鳥をいじめたりしないって、約束したんだ」

少年の両親はアンバーとアレックスを温かく歓迎した。アンバーはニュージーランドの人々の客好きなことは知っていたが、ジョーンズ夫妻の招待をアレックスが受けたのには驚いた。ジョーンズ夫人が三十代前半と思われるハンサムな弟フィルを紹介した時に、フィルがアンバーのすらりと伸びた蜂蜜《はちみつ》色の脚に興味を示したことに気がついて、アレックスが一瞬表情をこわばらせたのを知っていたからだ。フィルのあけっぴろげな賛美の視線には、いやらしさはまったくなかったにもかかわらず、アレックスは片腕をアンバーの肩に回して、これ見よがしに抱き寄せた。

ジョーンズ一家は枝の突き出た大きな木の下に敷物を広げていて、夫人はそこへアレックスとアンバーを案内した。「バーベキューにはガスを使いますの。子供たちが水の中で遊んでエネルギーを発散させている間に、飲み物でも召し上がってくださいな」

アレックスが樽《たる》ワインをすすっているのを見て、アンバーは思わず笑いそうになった。しかしだれも彼が最上のシャンペンしか口にしないことを察した者はいなかっただろう。彼女としては、甘く冷たいワインは快くのどを潤してくれて、ありがたかった。

落ち着かない様子でそわそわしていたジョーンズ氏は、みんなに飲み物が行き渡るのを待って切り出した。「この島に、かってに上陸すべきじゃないって、わかってはいたんです」彼はアレックスに向かって言った。「地図にあなたが河岸所有権を持っている、と書いてありましたから」

「あなたがたは、木を切り倒したり鳩《はと》を撃ったりするタイプには見えませんよ」アレックスはまゆを上げて、ただそう答えた。

「そんなこと、絶対にしませんわ」ジョーンズ夫人が熱っぽく言った。「私たちがこの島に来たのは、まだ美しい自然が残されているからなんです。子供たちに見せてやりたいと思いましたの」

アレックスは微笑した。「この島の前の持ち主だったアメリカ人は自然保護に強い関心を持っていましたし、わたしはギリシア人で、森が切り倒された土地に暮らすのがどんなものか、よくわかっているつもりです。わたしがこの島を所有しているかぎり、木は一本たりとも切らせませんよ」

みんなはアレックスの意見を熱烈に支持し、二十分ほど自然保護運動について意見が交わされた。アンバーはあまりしゃべらず、安らかな幸福感に浸りながら話に聞き入っていた。海では子供たちが陽気に戯れ、林の中のせみの声を圧するような歓声が流れてくる。

ニュージーランドの夏。アンバーはまぶしいビーチから涼しげにきらめく水面、さらに遠くの水平線に視線を移した。ヨットの帆が蝶《ちょう》の羽のように揺れ、太陽の光が陸も海も黄金色のマントで覆っている。

ふと吐息が漏れた。今ではニュージーランドを愛するようになったけれど、やはり心の奥底には望郷の思いが息づいている。かすかなため息だったのに、アンバーは顔を上げた時、フィルが自分を見つめているのに気がついた。彼が微笑し、彼女も微笑を返した。ほとんど無意識の動作だった。

しかしアレックスは妙に敵対心を燃やし、アンバーを会話に引き入れた。フィルがあわてて目をそらすのがわかった。アレックスは、アンバーに接近するなと、無言でフィルに警告したのだ。憤りがアンバーの目をぎらぎら光らせた。

「そろそろえびの料理を始めますわ」とジョーンズ夫人が告げると、アンバーも立ち上がり、手伝わせてほしいと申し出た。

アレックスはバーベキューを楽しんでいた。白い歯をきらめかせてえびにむしゃぶりつき、ロブスターに負けない味だと保証してジョーンズ夫人を得意がらせた。サラダは新鮮で、よく冷えた桃やメロンもすばらしくおいしかった。

ジョーンズ一家は感じのよい人たちだった。眠気を誘うような日差しのもと、桃の果汁を手に滴らせながら、アンバーはふと、マットとニックと一緒に行ったピクニックのことを思い出した。そして彼らのところに帰りたいという激しい思いに襲われた。わけのわからない不吉な予感もする。のんびりした楽しい気分は瞬時に消えた。

彼女はうなだれ、手に持った桃で顔を隠すようにした。だれにも気づかれたとは思わなかったのに、フィルがそっと言った。「大丈夫ですか？」

「ええ」アンバーは声を潜めた。

だが、やはりアレックスに聞かれてしまった。彼はアンバーのあごに手をかけ、顔を一目見るなり静かに言った。「家に帰ったほうがいいな」

アレックスが礼儀正しく、しかもきっぱりと別れのあいさつをしたので、だれも二人を引きとめようとはしなかった。五分後には二人は涼しい林の中の道を引き返していた。

「私、なんともないわ。ほんとうよ」アンバーは歩きながら抗議した。

「まだ顔色が悪い」アレックスはにべもない。

「でも、あんなふうに途中で引きあげる必要はなかったわ。私は病気じゃないんですもの」

アレックスは肩をすくめた。「たぶんね。しかし、君はあのずうずうしい田舎者の視線を楽しんだかもしれないが、僕はやつの目が君の脚にくぎづけになっているのを見て、うんざりだったよ。君は僕の妻なんだぜ。そこらの安っぽいビーチガールとはわけが違うんだ」

不当な言いがかりにかっとなって、アンバーは言い返した。「フィルは色目なんか使ってなかったわ！　彼は感じのいい男性で、男ならだれでも示す程度の興味を示しただけよ。あなたが私に着せたこのブラジャーとショートパンツのせいで、むき出しになってる私の肌にね！」

「君はそれを楽しんでいた」

その非難に、アンバーのほおが熱くなった。「ばかなことを言わないでちょうだい！」

アレックスは足を止め、彼女の肩をぐいとつかんで自分の方に向き直らせた。「僕に向かってそんな口をきくんじゃない！」

「なぜ？　私だって言いたいことは……」アンバーは口をつぐんだ。二人のしていることが急にばからしく思えた。ややあって彼女は顔をそむけ、思い切って言ってみた。「アレックス、こんなこと、こっけいじゃない？　私たちに何を言い争うことがあるのかしら？　あなたにもよくわかっているはずよ、フィルはただ、まあまあ魅力的な若い女を眺めて楽しんでいただけだって。男ならだれでもしてることだわ。あなた、まさか嫉妬《しっと》してるんじゃないでしょうね？　それとも腹を立てているとか？」

「不思議だな。僕は嫉妬してるし、腹も立てている。どうしたんだろう？」アレックスは彼女を放すと手で髪をかき上げた。攻撃的な表情は消えている。「気がどうかしてるのかな？　僕は独占欲の強い男だ。フィルの目つきが気に障って、ついかっとなってしまった。君の言うとおりだ、大人気なかったと思うよ。なんといっても、目下のところ君は僕の持ち物なんだから」彼はちょっぴり皮肉を込めて締めくくった。

それがアレックスのアンバーに対する精いっぱいの謝罪らしかった。家に着くころには彼女の気分は完全に回復していたが、ベッドで休むようにという彼の命令に黙って従った。アンバーが休息している間、彼のほうは階下の通信装置を使って、また何百万ドルか稼げるということらしい。

ジョーンズ一家のピクニックは、幸福な家庭生活を絵に描《か》いたようだったわ。ベッドの上でまどろみながら、アンバーはふとうらやましくなった。ジョーンズ氏ほど家庭生活を楽しんでいる男も少ないんじゃないかしら？　アレックスの属している世界はもちろんのこと、私の同級生の両親でも離婚したカップルがたくさんいた。誘惑が多すぎるんだわ、きっと。

それとも期待が大きすぎるのかしら？　ロマンチックな愛なんて、存在しないのかもしれない。たとえ存在しても、現実の厳しさにさらされて消えてしまうのだろう。

目が覚めた時、太陽はたなびく雲の後ろに隠れようとしていた。口の中にかすかにワインの味を感じて、アンバーは急いで歯を磨き、シャワーを浴びた。胸もとが深くカットされたドレスには嫌悪感が込み上げたが、それ以上露出度の低い服は見当たらない。居間に行くと、アレックスは本を手にして寝椅子に寝そべっていた。彼は顔を上げ、その視線に吸い寄せられるようにアンバーは彼の前へ歩み寄った。

「かけなさい」

アンバーは彼のそばに小さなスペースを見つけて腰を下ろした。彼の視線に、ひそかに憤りながら。ドレスはバックレスで、おまけに前も深くくれていて、あらわになった胸のふくらみに彼の目がくぎづけになっているのだ。

その時、彼女は電子装置が発するかすかな音に気がついてあたりを見回した。

「だれか僕に用事があるらしい。ちょっと失礼、長くは待たせないよ」アレックスはしぶしぶ立ち上がって部屋の中に姿を消した。

十分ほどで彼が戻ってきた。その顔を見たとたん、アンバーはさっと椅子から立ち上がった。

アレックスはためらっている。彼が声を失っているのを見るのは初めてだった。いつもあんなに自信に満ちている人なのに……。アンバーは目を見開いて、ささやくように言った。「アレックス、何があったの？　アレックス！　ニックなのね？　あの子……けがをしたの？　お願い、早く話してちょうだい！」

彼は二歩でアンバーの前に来ると、両手を彼女の肩に載せた。「落ち着きなさい！」

アンバーは彼を見据えて言った。「私なら大丈夫よ。さあ、早く話してちょうだい。何があったの？」

「君の息子ががけから転落して、頭にけがをしたらしい。オークランドの病院に収容されているということだ」

アンバーは息をのんだ。「けがは、ひどいの？」

「まだ意識が戻っていない。きみのいとこの家の家政婦からもらった伝言によると、担当の外科医が君にすぐ来てもらいたいと言っているそうだよ」

アンバーはその場にくずおれそうになった。片手で目を押さえてよろめくと、アレックスが素早く支えて優しく抱きしめる。アンバーはしばらく彼の温かい胸にもたれていたが、勇気を奮い起こした。「それじゃ私、出発の用意をしなくては」

「家政婦に連絡して君の身の回りのものをオークランドのホテルに送らせるように、僕の会社のマネージャーに言っておいた。ヘリコプターがこっちへ向かっているから、じきに出発できるよ」

彼女はうなずき、アレックスの援助を当然のこととして受け入れた。今は自制心を保つことだけを心がけるのだ。恐怖に負けてしまっては、ニックを救うことはできない。

ヘリコプターで病院へ向かう間、アンバーは死と闘っている子供のことしか考えられず、隣に座って厳しい顔で黙り込んでいるアレックスのことはほとんど意識していなかった。途中、彼女はふと思いついてきいた。「何が起こったのか、知っていらっしゃる?」

「詳しいことはわからないけど、カイル・ベリンジャーって男が君のところの家政婦に電話をしてきたらしいよ。坊やがけから落ち、助けようとした君のいとこも足を折ったと話したそうだ。二人は警察のヘリでオークランドに運ばれ、君のいとこのほうは心配ないが、坊やはやっと持ちこたえてる状態らしい」アレックスは彼女の手を握りしめた。「希望を捨ててはいけないよ、アンバー。僕たちが病院に着くころには、坊やは意識を回復しているかもしれない。昏睡《こんすい》状態が必ずしも危険だとはかぎらないんだし」

「あの子、ほんとうにうれしそうだったのよ」アンバーは無表情につぶやいた。「私、クルーズに参加させるのは早すぎると思ったんだけど、マットに過保護だと言われたの。彼はニックから目を離さないって約束してくれたんだけれど……」

「一日じゅう子供を見守ることなど、だれにだって不可能さ」

「わかってるわ。よくわかってるの。特にニックのような子供が相手では。あの子は陽気で大胆で、手に負えないいたずらっ子なんですもの」

涙のために視界がぼやけ、アンバーは声を詰まらせた。アレックスがむなしい慰めの言葉など口にしないで、ただしっかりと手を握ってくれているのが、ありがたかった。

ヘリコプターは無事に着陸した。二人は出迎えてくれたカイル、それにステファニデス・コーポレーションのオークランド代表、それからニックの担当の外科医とあわただしくあいさつを交わし、ただちに病院へ向かった。

「坊ちゃんのために、われわれができうるかぎりの手をつくしていることは、おわかりいただけると思いますよ」途中、外科医が二人を力づけるように言った。

「できうるかぎりとは、どの程度です？」

そう追及したのはアレックスだった。彼はニックが自分の子供ではないと言い出すつもりかしら？　アンバーは不安になってアレックスの顔をちらっと見たが、彼は必要なら外科医の頭をたたき割ってでも真実をきき出すといった固い決意を浮かべて医者を見つめていた。

「どこの病院に比べても、引けを取らない程度です」外科医は冷静に答えて、二人を病院に招き入れた。

長い廊下を通り抜けて、彼らはようやくニックの病室に着いた。ベッドに小さな姿が横たわっていた。血の気のないほおに濃いまつげが影を落とし、子供らしいふっくらしたほおがこけて、成人した時の彼の顔を予告している。大人になったら、この子は父親そっくりになるわ。アンバーはショックを受けた。もし大人になれたら……。

「ほかにもどこか、けがをしていますの？」自分の声がまるで他人のもののように聞こえた。

「いいえ、坊ちゃんは幸運でした。おじさんがご自分の体で坊ちゃんを守られたそうですよ」

アンバーはまたすすり泣きそうになるのをこらえ、ベッドに歩み寄って小さな手を取った。「この子、必ず回復するわ」彼女はみんなの顔を見回してから息子の顔に視線を戻した。

それは運命に対する勇気ある挑戦だった。だが、子供のベッドのわきで長い時間を過ごすうちに、アンバーの確信はぐらつき始めた。ニックは命を持ちこたえてはいるものの昏睡から覚める気配はない。彼が薄明の世界にとどまる時間が長引くほど脱出が困難になるということを、アンバーは承知していた。

その日一日、彼女はまったく反応を示さない顔に話しかけて、ベッドから離れなかった。離れる気になれなかったのだ。太陽が沈む直前、彼女がホテルから届けられた夕食をフォークでもてあそんでいるところへ、アレックスが戻ってきた。「君のいとこも君に会いたがってると思うよ」

アンバーは当惑して、まじまじとアレックスを見つめた。「どうしよう！　彼のことをすっかり忘れていたわ」

「君に来てほしいって言ってるそうだ」

「そう？　じゃすぐに会いに行かなくては」そうは言ったものの、アンバーの目にはニックを残していきたくないという気持がにじんでいた。

「よかったら、僕が坊やにつき添っていよう」

「そんなことをあなたにお願いするわけには……」

「君が頼んだんじゃない。僕がかってに申し出たんだ。さあ、早く行きなさい」

「アレックス、あなたは充分すぎるほど親切にしてくださったわ。これ以上ご迷惑をかけては……」

「オークランドにも僕がやるべき仕事があるんだ。情勢が落ち着くまで滞在しようと思う」アンバーが抗議しかけると、アレックスは自嘲《じちょう》ぎみに笑って続けた。「僕が人道主義の発作に取りつかれたと考えたらいいよ、アンバー。僕にしては珍しいことだから、このチャンスを生かさない法はない」

彼って謎《なぞ》だわ。アンバーは病室を出ながら胸の中でつぶやいた。いつまでたっても解けない謎。

マットは別の階の病室にいた。片脚を牽引《けんいん》され、整った顔がひどくやつれている。おびえたような目つきを見て、アンバーはあわてた。マットは彼女に責められるのではないかと、警戒しているらしい。

「マット！」アンバーはベッドに走り寄り、いとこのほおにキスして頭をそっと抱いた。「マット、遅くなってごめんなさい。もっと早く来なくてはいけなかったのに、ニックのことで頭がいっぱいだったの。許してちょうだい」

「君を許すだって？」沈んだ声は、マットがどんなに彼自身を責めているかを物語っていた。「とんでもない。許しを請わなくてはならないのは僕のほうだ。ニックから目を離さないって君に約束しておきながら……」

アンバーは彼の頭をぎゅっと抱きしめ、優しく言った。「自分を責めてはいけないわ。私にはよくわかっているのよ、母親ですもの。ニックから一日じゅう目を離さないでいることなんか、だれにもできないって。何があったのか、話してくださる？」

マットはアンバーから体を引き離すと、苦痛に青ざめた顔で枕《まくら》に寄りかかった。「岸に上がった直後だった。ニックと僕は、カイルとサムのあとについてがけの上の小道を歩いていた。すると突然、なんの前触れもなしに、僕らの足もとでがけが崩れ落ちたんだよ。誓って言うけどね、アンバー、僕は全力をつくしたよ、ニックを助けようとして。だが、あの子は僕の腕からもぎ取られるように転落し、僕も落石に打たれて意識を失ってしまった。気がついた時は二人ともヘリの中で、ここへ運ばれる途中だった。ニックの状態はどうなの？　医者や看護師は決まり文句の慰めしか言ってくれないんだよ」

アンバーがニックの病状を説明すると、マットはがっくりして目を閉じた。しかしまたすぐに開き、きっぱりと言った。

「あの子は子供ながらタフガイだ。すこしでも望みがあるのなら、必ず生き延びるよ」

ここにもう一人、安易な慰めを信じない男がいる。アンバーは胸が熱くなって、黙ってうなずくことしかできなかった。

「ニックにつき添っていたいだろう？　もう行きなさい。これからもあの子の状態は知らせてくれるね？」

「もちろんよ」アンバーはちょっと迷ったが、思い切って言った。「マット、実はアレックスが来てるの……アレックス・ステファニデスが」

「なんだって？」マットの顔が青くなった。

彼女はうなずいた。「彼、ずっと私を捜していたらしいの。そして父の書類を見て、あなたが父のただ一人の血縁者だということを発見し、あなたのことを調べる気になったのね。アレックスは私の父の遺言執行人なのよ。父は彼にすべての財産を遺《のこ》したんですって」

マットはさっと片手を伸ばしてアンバーの手首をつかんだ。負傷しているのにもかかわらず、彼女に有無を言わせぬ力強さだ。「やつは何を望んでるんだ？　話しなさい」

アンバーは肩をすくめ、さりげない調子を装った。「彼は信じてるの――そう信じるように私がしむけたんだけれど――あなたと私は同棲《どうせい》していて、ニックはあなたの子供だって」

マットははっと息を吸った。指が彼女の手首に食い込み、また離れた。「なるほど」と彼がつぶやき、アンバーは彼が理解したことを悟った。「僕はもちろん君と調子を合わせるつもりだよ。だけど、アンバー、アレックスはどうしてニックが自分の子供じゃないなんて思い込んでいるんだい？」

アンバーは顔を赤らめながら九年前の出来事を話した。「彼はきっと、あの夜のことは夢だったって思っているんだわ。私も妊娠に気づくまでは、夢だと信じていたんですもの。マット、あなたをこんなめんどうなことに巻き込んで、ほんとうにすまないわ」

「やつは今、何をしてるんだ？　なぜ君についてきた？　君が大変な不幸に見舞われているというのに、やつには思いやりってものはないのか？」

アンバーは平然と嘘《うそ》をついた。「長くはいないと思うわ。彼、あれで責任感が強いから、私を一人でほうっておくわけにはいかないと思ったんでしょうね。ギリシアに帰ったら、離婚の手続きを取るんですって」

その言葉を信じていいものかと、マットが迷っているのがわかった。しかし幸いなことに看護師がやって来て、二人の会話を終わらせた。アンバーはマットのほおにキスすると、ハンサムな患者に明らかに興味を示している若い看護師にバトンタッチをし、急いでニックの病室に引き返した。

7

寒い。体の震えが止まらない。アンバーは恐怖からくる悪寒を初めて知った。ニックは生きたしかばねのように小さな体を横たえている。青ざめて、仮面のように無表情な顔。鋭い頭の働きはどこかへ去り、からっぽの抜け殻だけが残されたのかしら？　ベッドわきに座って何時間も話しかけ、ニックがお気に入りだった本を読んだり歌を歌っているうちに、アンバーはしだいに絶望感を深めた。

そして毎日マットに面会するたびに、自分の不安が彼の瞳の中に反映されていることに気づいた。

アレックスがどんなふうに過ごしているのかアンバーには見当もつかなかったが、毎日二度、決まって病院に現れた。看護師のアドバイスを受けて市内の書店から子供向けの本を届けさせたりもした。アンバーは彼の純粋な親切心に感謝したものの、それに応《こた》えることはできなかった。全力で子供のために闘っていたからだ。

ある朝、医師がアレックスと目配せをして言った。「ミセス・ステファニデス、すこし休息なさらないと、あなたがまいってしまいますよ。あちらに行って眠ってください」

「そばにいてやりたいんです。目を覚ました時、この子は私に会いたがるかもしれませんから」

「坊ちゃんに何かあったら、すぐにお知らせしますよ。ご主人のお話では、ホテルは二、三百メートルしか離れていないそうですね。お部屋でゆっくり休んでください。疲れはてていたんじゃ、だれの役にも立ちませんから」

アンバーは医師の断固とした顔つきを見て、しぶしぶ彼の言い分を認めた。足もとがふらつくほど疲れていたにもかかわらず、ニックのそばを離れるのは身を切られるようにつらかった。もう一度子供の顔を見つめ、滑らかな額にくちづけをしてから、アレックスに支えられて病室を出た。

ステファニデスという名前のおかげで、ホテルでは最高の扱いを受けた。アンバーも今度ばかりはそれがありがたかった。何一つ自分で考える必要さえなかった。気持よくエアコンの効いたスイートのバスルームでシャワーを浴び、裸のままでベッドに倒れ込んだ。

目を覚ましたのは午後で、居間の方にだれかの足音が聞こえた。

「だれ？」

アレックスが戸口に姿を見せた。シャツのそでをまくり上げ、感情を抑えた顔つきだ。

「ここで何をなさってるの？」薄いカバーの下の体に何も着けていないことを思い出して、

アンバーのほおに血が上った。

「働いているのさ」

アンバーは大きなあくびをした。「今、何時かしら?」

「じきに午後一時になる。君は睡眠不足がたたってるんだ。ランチを頼んであげよう」アンバーが首を横に振るのを見て、アレックスはまゆをひそめ、きっぱり言った。「君はやせてしまったね、アンバー。君が飢え死にしたって、君の子供の回復にはなんの役にも立たないよ」

君の子供——とアレックスは言った。ニックが自分の子供でもあることを知らないで。ニックと父親を引き離しておく権利が、私にあるのだろうか? アンバーは初めて自分の方針に疑いを抱いた。もう一度あくびをして、その疑念を心の隅に押しやる。「そうね。でも、その前にまずシャワーを使いたいわ」

バスルームから出た時には、もうテーブルの用意ができていた。彼女は努めて食べ物を口に運んだ。アプリコットとパパイヤを添えたプロシウット、新鮮な魚料理、ワインもすこし飲んだ。サウス・アイランド産の繊細な香りを放つシャルドネを。アレックスは黙りがちで礼儀正しく控えているし、疲労のあまり彼女も無口になっている。

「もうすこし休んだらどう、アンバー?」アレックスが言った。

彼女は言われたとおりベッドに戻り、丸太のように眠った。二、三時間たっただろうか、スイートのどこかで鳴っている電話のベルの音で目が覚めた。

どきん、と脈が一つ飛んだ。受話器を下ろすかちりという音に、顔から血の気が引いた。死に直面した野獣のように、できることなら人目に触れない場所に隠れたかった。しかし戸口でアレックスの声がして、彼女はしかたなく頭をもたげた。

「アンバー」彼がそっと呼んだ。

「はい」彼女はどうにか返事をした。

アレックスは部屋を横切ってベッドのわきにやって来た。「病院から電話があってね、坊やが意識を取り戻したそうだよ」

アンバーは息をのみ、次の瞬間わっと泣き崩れた。アレックスがそっと抱いてくれたが、ギリシア語やフランス語で慰めの言葉をつぶやきながら、むき出しの背中や髪をなでていることには気づかなかった。少し落ち着くのを見計らって彼は彼女にハンカチを渡し、彼女がはなをかんでいる間にタオルを持ってきた。

「ありがとう」アンバーは顔をそむけて言った。「私、起きてあの子のところへ行かなくては。あの子が目を覚ました時、そばにいてあげたかったわ」

アレックスは彼女と一緒に病室まで入った。病棟の主任看護師が二人に笑顔を向ける。

「坊ちゃんはあなたに会いたいっておっしゃったんですよ、ミセス・ステファニデス。それから空腹で頭痛がすると言って。そのあとでまた眠ってしまわれましたの」

「眠っているのは確かなんですか？」とアレックスがきいた。

看護師が自信たっぷりに微笑した。「ええ、間違いなく眠っていらっしゃいます。坊ちゃんをご覧になれば昏睡《こんすい》状態ではないことがおわかりになりますわ」

なるほど、違いは明らかだった。ニックは血色がよくなり、いつものように横向きに体を丸めているばかりか、子供らしい表情を取り戻していた。アンバーは一目で、息子がそれまでさまよっていた薄明の世界から自分のところに帰ってきたのを知った。

「あなたが坊ちゃんにずっと話しかけられたのがよかったんです、奥さま」看護師が明るく言った。「人はたとえ昏睡していても、刺激に反応するものなんですよ」

アンバーはベッドのわきにしゃがんで小さな手を握りしめた。込み上げてくる涙をまばたきして抑えると、アレックスの声がした。「さあ、ホテルに戻ろう、アンバー。ニックを見て、彼が危険な状態を脱したことが納得できただろう？　一晩くらいぐっすり眠らないと、君の体がもたないよ」

「いやよ。私、ここにいるわ。ニックが目を覚まして私に会いたがるかもしれないから」

「坊ちゃんは朝まで目を覚まされることはないと思いますけれど……」看護師の言葉を、アレックスが遮った。

「自分の脚で歩いて帰るか僕に抱かれていくか、二つに一つだ。どちらでも好きにしたまえ」

アンバーはニックの手を取って、唇に押し当ててから立ち上がった。「暴君ね」悔しまぎれにののしった。

「われわれギリシア人が作ったんだよ、その言葉は。おいで、彼がはっきり目を覚ましたり容態が変わった時には、電話で連絡してもらうことになっている」

アンバーがもう一度眠りに落ち、再び目覚めた時は、夕方になっていた。ばら色と金色に空が染まった亜熱帯の壮麗な日没。アンバーはすっかり疲れがとれ、全身に力がみなぎるのを感じた。あくびをし、伸びをして大声で言った。「ああ、おなかがすいたわ！」

またもやアレックスが戸口に現れた。「ほんとに？　じゃ、夕食を頼んであげよう」

「ありがとう」

彼は謎《なぞ》めいたまなざしでアンバーの顔を見つめてから、居間に引き返した。アンバーはまた横になり、彼が高圧的な口調で受話器に向かってしゃべっているのを、聞くともなしに聞いた。

「ああ、よかった！」恐怖と緊張の長い拷問のあとで、アンバーは深い安堵《あんど》感以外に何も感じなかった。アレックスがベッドわきに戻ってきた時、アンバーの口から感謝の言葉がほとばしった。「アレックス、あなたには心から感謝するわ。言葉では表せないくらい」

「じゃ、もう何も言わなくていいよ」彼はアンバーの手にワインのグラスを握らせた。

「ほら」

「あなたはお飲みにならないの?」

「僕はやめておくよ」

アンバーは拒絶にあって唇をかんだ。しかし全身にたぎる喜びが彼女を向こう見ずにしていた。「あなたも乾杯してくださらなくては。ニックが私のところに帰ってきたんですもの。生命をたたえて乾杯しましょう」

まじまじと彼女の顔を見つめ、やがてアレックスはにんまりと笑った。皮肉なところは少しもない。「そういうことなら、どうして僕に拒絶できる? ギリシア人は神々へのささげものが大好きなんだ。しかし僕は生命をたたえるもう一つの方法を思いついたよ、アンバー」

ワインは甘く冷たく、ギリシアの神々が飲むという生命の酒ネクタルのように、渇いたのどを滑り落ちる。アンバーは何も言わず、謎めいた微笑を浮かべた。

「僕が欲しいって頼むんだ」アレックスはアンバーの手からグラスを奪い、彼女の唇が触れていた部分に自分の唇を押し当てながらささやいた。グラスの縁越しに灰色の瞳がぎらぎら光り、危険な歓《よろこ》びを約束している。

自分でも驚いたことに、アンバーは彼を挑発した。「なぜ頼まなくちゃいけないの? 欲しいものは、奪うわ」

アレックスは一気にグラスを空け、声を放って笑った。しかしアンバーがシーツを払いのけて彼の前に座ると、笑い声はぴたりとやんだ。彼女がシャツのボタンを外すのを見守りながら、彼の目はぐっとせばまり、褐色の指がかすかに震えていた。

彼の服を脱がせることがどんなに刺激的な行為か、アンバーは今、思い出していた。手早くボタンを外し、シャツの下に手を滑り込ませて、たくましい胸をなでる。温かな筋肉。そっと胸毛を引っ張ってみる。それから笑いと興奮に輝く瞳で身を乗り出し、固い胸に唇を当てた。

彼がはっと息をのむ音が、耳に快く響いた。アンバーは彼の胸にほおを押し当て、高鳴る鼓動に聞き入った。「あなた、いつもいいにおいがするわ。潮の香とじゃこうの香りが混じったような」

「そして君は花の香りがする」アレックスは彼女のあごを持ち上げて、のどにキスを浴びせた。「でも、君は間違いなく動物だ。金色の猫。しなやかに僕に寄り添い、僕の下になり、僕を包み込む……」

猫がのどを鳴らすのに似た奇妙な声が漏れ、アンバーは自分の体の柔らかな深部に彼の荒々しい原始の力を感じたいという、目くるめく衝動に圧倒された。

アレックスが顔を上げ、挑むように笑った。「始めたことを終わらせるんだ。脱がせてくれ、アンバー」

アンバーは彼のシャツを取った。恥ずかしさも、ためらいも、感じなかった。頭の片隅にニックの姿がちらつき、アレックスと愛を交わすことで二人の間に生まれた子供に新たな生命を吹き込むことができるという、邪信にも似た思いにとらわれていた。

彼の胸と腹部に唇をはわせながら、ベルトを外してズボンを引き下ろし、腿の筋肉に見入った。

アンバーは恥じらいを含んだ歓びのまなざしで彼を見つめ、かすれ声でつぶやいた。

「あなたは私が知っている中でいちばん美しい男性だわ」

それを聞いて、アレックスはまた声をあげて笑った。「しかし君はそれほど大勢の男を知っているわけじゃないだろう、僕のかわいい人。うぬぼれる気にはなれないよ」

アンバーは彼の腹部にくちづけすると、後ずさってベッドに戻った。アレックスが瞳をぎらつかせて追ってきた。

「どうしてなんだ？」

アンバーは首を振った。しかし同じ質問が繰り返された時、彼女は指先で彼の唇の輪郭をなぞり、そっと言った。「なぜって、こうするのが正しいことに思えるからよ。ニックが生き延びたから、生命の確認をしたいの」彼女の笑い声が夕闇《ゆうやみ》の迫った部屋の中でひっそりと響いた。「なぜって、あなたが欲しいからじゃないの」

アレックスの半ば閉じた目が満足そうに光った。「じゃあ、僕は望んでいた降伏を手に入れた。そう思っていいんだね？」

その瞬間、彼女は否定することはできなかった。「ええ」

アレックスはアンバーのきゃしゃな肩を抱きしめ、静かに横たわった。はるか遠くの世界をただ一人でさまよっているような、深いもの思いの表情で。それから彼の口もとがほころび、何かギリシア語でつぶやくと、彼女の胸に唇をはわせた。

「神へのいけにえだね。感謝の祈り……それならそれでいい。アンバー、君がどんなに僕を求めているか、見せてくれ」

アレックスの体の均整のとれた美しさ、固い筋肉を覆う滑らかな肌、長い手足、男っぽい体臭、それらが一体となって放つ魔力に、アンバーはかつてなかったほど激しく眩惑《げんわく》されていた。両手で彼の体の輪郭を再確認していると、彼が自分と同じように情熱に駆られていることがわかった。彼女の低いあえぎに応えるように、彼は息を荒々しく弾ませていた。

「もういい！」アレックスがうめいて、アンバーの胸のふくらみにむさぼるようにキスをした。彼女は金色の髪を扇形に散らして枕《まくら》の上にのけぞった。彼のブロンズ色の手が淡いクリーム色の柔らかな胸を愛撫《あいぶ》し、彼女は長い長いうめき声を漏らした。

ああ、何もかも忘れていたんだわ。アンバーの胸を絶望感がよぎった。全身の血がたぎり、妖《あや》しい邪教の女司祭のひたむきさで彼の名前をささやいている自分の声が聞こえる。彼の唇が野火の軌跡を描いて下に滑っていき、彼女はおののいた。

「ああ、アレックス」アンバーは彼の肩やうなじをなでながら、ささやいた。「あなたが欲しいわ、とても……」

彼は両手を彼女の体の下に滑り込ませた。「君は花の味がする。春のようにかぐわしく、ワインよりも僕を酔わせる。この九年間、忘れたことはなかった」

アレックスの声に含まれた苦痛の響きが、彼女の心を動かした。「ええ、わかっているわ、アレックス。今は何もかも忘れるのよ」

今でも彼女の記憶に焼きついている、あの鋼鉄の優雅さを持つ彼が迫ってきた。アンバーはすべての抑制を解き放ち、彼とともに目くるめく高みに舞い上がり、夜空に咲く華麗な花火のイメージを見て、果てた。

そのあとで、彼に体を押さえつけられたままアンバーは弱々しくつぶやいた。「ありがとう」

アレックスは体をずらして横向きになり、アンバーの顔を見つめた。どんよりと焦点を失った瞳、極限の挑戦に耐えた人のような荒い息づかい。彼は彼女の唇、汗ばんだ額、長いのどに、震える手をはわせてそっと言った。「眠りなさい」

アレックスが注文したディナーがどうなったのか、アンバーはわからずじまいだった。彼女が目を覚ましたのは次の日の朝で、彼はバスルームでひげをそっていたからだ。アンバーはけだるい微笑を浮かべ、彼がかみそりを使う音に聞き入った。昨夜の行為にうろたえて当然なのに、狼狽《ろうばい》も後悔もしていなかった。そして彼が与えてくれたすばらしい歓びを思い出して、身を震わせた。今でも快い充足感が体の中でたゆたっている。「楽しむのよ」と彼女は自分に言い聞かせた。「こんなふうに感じるのは、これが最後でしょうから」

ベッドサイドの電話機に誘われ、病院の番号を回した。当直の看護師が、ニックはぐっすり眠って起き、母親に会いたがっていると答えた。アンバーは躍り上がるほどうれしかった。

「朝食をすませてから、すぐに行きます」

電気かみそりの音がやみ、戸口にアレックスが現れた。タオル地のローブをはおっているだけで、たくましい体がほとんどむき出しだ。アンバーは喜びを抑えられず、弾んだ声でニュースを伝えた。

彼はクリスタルの破片のように鋭い目で、うなずいた。「僕も医者と話したよ。坊やが退院できるのは、早くて一カ月後だそうだ」

アンバーはその場にくぎづけになり、疑わしげに相手を見つめた。

「それまで僕も残ることにしたよ」彼はつかつかと歩み寄ってベッドに腰を下ろすと、彼女の体を覆っているシーツを容赦なく引きはがし、胸のふくらみに視線を落とした。「君の夫としてね」と、ぬけぬけと言い添える。

「よして！」

「それはないだろう、アンバー」彼はあざけるように言い返し、のどのくぼみに唇をはわせた。「昨夜《ゆうべ》は君が僕をベッドに誘った。今度は僕が君を存分に楽しませてもらうよ。君を飽きるまでもてあそんだら、二度と触れないつもりさ。やめろよ、逆らっても時間のむだだ。僕はもう決心したんだから」

彼の言うとおりだわ。アンバーは暗澹《あんたん》とした気持で目を閉じた。ニックが意識を回復し、長い苦しみと緊張からの解放感の中で、昨夜は本能の誘惑に負けてしまった。戦場に女がつきものなのは、同じ理由からだろう。男は戦いの残酷さを女の柔らかな体に包まれて忘れるのだ。昨夜のアンバーも忘却を願い、彼女が知っているただ一つの方法――アレックスと愛し合うこと――に走ったのだった。

アンバーは抑揚のない声で言った。「私を犯して、あなたは倒錯した喜びを感じるのね？」

アレックスは声を放って笑うと、さっと顔を下げて彼女の胸のふくらみに唇を触れた。鋭いうずきが全身を貫いた。彼はそれを見て、皮肉たっぷりに言った。「君を力ずくで犯す必要はないと思うよ、僕のかわいい人。君のいとこは男らしい魅力にあふれた外見にもかかわらず、恋人としては落第らしいね。君の貪欲《どんよく》さは恐ろしいくらいだった。恋人に満足している女は、あんな求め方はしないものだ」

苦痛と快楽が分かちがたく混じり合った。アンバーは目を開き、彼の胸を覆う黒い巻き毛と彫刻のようにくっきりとした横顔を見た。そして体を震わせた。その瞬間、自分が彼を愛している、と悟ったからだ。彼と暮らし、彼を憎み、彼の子供を産み、幻滅と苦しみの果てに、アンバーはこの男を愛するようになっていた。

「昨夜の私は自分を失っていたの。あなたもご存じのはずよ。安堵感があまりに大きかったから」

「そうかもしれない。しかし君は自分がしていることをよく承知していた」アレックスの手がそっと、だが容赦なく彼女の胸を押さえた。「安堵を口実に使っただけさ。君の羞恥《しゅうち》心には笑えるね。僕は自分が君を欲しいと認めることを、ちっとも恥ずかしいとは思わないよ。君を見ただけでむずむずし、君を奪いたくなる」

アンバーは声を震わせて言った。「じゃあ、どうしてなの？　私を飽きるまでもてあそんだら、二度と私に触れないっていうのは」

彼女はアレックスが微笑するのがわかった。「なぜなのか、理由はわかっているはずだよ、アンバー」

「ええ、私を罰するためね。そして女の役目は男を楽しませ満足させることだけだって信じているからでしょ？」

「いや、違う。女がいい母親になれることも知っているよ」彼はアンバーのウエストとヒップを、試すようにさわった。「君はすばらしい母親だ。忍耐強く、勇敢で。君は僕の子供を、ニックと同じように愛してくれるかい？」

彼女の心臓が一瞬止まった。受胎――不可能ではない。ありそうもないことだが、絶対ないとは言えない。そして、もし受胎していたら……彼女はぐっとつばをのみ、しばらく押し黙ったあとでようやく平静に答えた。「私、子供を憎むことはできないと思うわ」

「やっぱりそうだ」アレックスは素早く顔を上げると、満足そうに枕にもたれ、あくびをした。「ああ疲れた。アンバー、僕が君に飽きるまで、いとこと会うのをやめてくれないか」

彼女はあっけに取られた。「どういう意味？」

アレックスはうぬぼれた様子で微笑し、肩をすくめた。「僕は他人と共有しない主義なのさ。なんでもね」

ほおがかっと熱くなった。アンバーは身をひねって彼の手から逃れ、威厳に満ちたしぐさでベッドから起き上がった。「心配することはないわ」彼女はローブのベルトを締めながら冷たく言った。「マットは入院中なんですからね！」

アレックスは彼女がバスルームのドアの前まで行くのを待って、平然と言ってのけた。「僕なら、片脚が骨折したくらいで君と愛し合うのをあきらめはしないよ。アンバー、君がもの欲しそうな目つきであいつを眺めているのに気がついたら、契約は無効にするからその覚悟で」

胸がむかついたが、アンバーはどうにか自制した。「そんなことにはならないわ。約束します」

「男の犠牲になる女はいないと信じてきたけど、僕が間違っていたのかな？　君はいとこのために、そのきれいな体を売ったものね。しかし、難しい選択ではなかったはずだ。彼は明らかに君を満足させてはいない。それに引きかえ僕が君をおおいに満足させるってことは、君も否定できないだろう？」

アンバーは彼のくっくっという笑い声を背に聞いて、部屋を出た。

病院へ向かう車の中で、アンバーはもう一度試みた。「お仕事をほうっておいて大丈夫なの？　私たちが結婚したばかりのころ、あなたは世界じゅうを飛び回っていたじゃないの」声に思わず恨みがこもった。

アレックスは広い肩を優雅にすくめた。「あのころは父が仕事を広げすぎていたからさ。今は信頼できる部下に任せておけるし、ファクシミリや電話での連絡も簡単にできる。僕は好きなだけここにとどまれるってわけだ」彼はアンバーの無力をあざ笑うように、唇をゆがめた。

私はアレックスを愛している――アンバーは途方に暮れて、ごくりとつばをのんだ。これからの数週間は、蜜《みつ》の味のする毒をあおるような、甘美な拷問の日々となるだろう。

アンバーはアレックスから視線をそらした。彼が満足そうにくすくす笑うのを、冷ややかに聞き流す。

アレックスは今日も彼女について病室に入ってきた。自分の子供だということも知らず、うとうととまどろんでいるニックを、クリスタルのような冷たい目で眺めている。

アンバーが手を取ると、何かの信号を受けたかのようにニックが目を開けた。濃いグレーの大きな目が、彼女を見上げた。

「ハイ」アンバーは涙をこらえようとして、ゆがんだ笑みを浮かべた。

「ママなの?」ニックはまゆをひそめた。「ママ、マットおじさんの具合はどう? おじさんが脚を折ったって、看護師さんから聞いたけど」

「ええ。でもおじさまはお元気よ。ニック、何が起こったのか思い出せる?」

子供は首を振り、母親の手を握りしめた。「朝のうちに泳いだことは覚えているよ。そのあとで散歩に出かけたんだ。何があったの、ママ?」アンバーが事故の説明をしている間、ニックは彼女の顔をじっと見つめて聞いていた。そして最後に言った。「僕たち、どうやってここへ来たの?」

「ヘリコプターで運ばれたのよ、警察の」

ニックは、さも残念そうに大きなため息をついた。「ああ、思い出せたらなあ! 警察のヘリに乗るチャンスなんて、めったにないんだもの」

医師がにこにこ顔で現れて、陽気に言った。「うん、昨日よりずっと元気になったな、ニック。さあ、ご両親に席を外してもらって、ちょっとした検査をしようか」

アレックスは用事があるからと、アンバーを病室の外の椅子に残して立ち去った。ニックの検査が終わるのは三十分後だ。そこで彼女はマットに会おうと、階下に下りていった。アレックスの脅迫を受けてからというもの、彼女はいとこの病室を訪れるのが怖かった。しかしニックが意識を取り戻したことは、どうしても自分の口から知らせたいと思ったのだ。

マットは険しい顔つきでベッドに横になっていた。アンバーに向けた瞳は寂しそうに沈んでいる。彼女はかがんでほおにキスしてから、腰を下ろした。唇のはれや昨夜の出来事を物語る肌の輝きが、突然意識された。マットは気がつくに違いない。自分を裏切り者のように感じながら、彼女は急いでニックの容態が好転したことを話した。

マットは少し皮肉っぽい目でアンバーを見返した。「もう知ってるよ、ニックが意識を回復したことなら。昨日看護師が知らせてくれた。ステファニデスがそうするように指示したらしい」彼は唇をゆがめ、陰気に笑った。「僕をニックの父親だと信じてる彼は、そうするのが最低限の義務だと考えたんだろうね」

「ごめんなさい」アンバーは謝るしかなかった。マットの目を避け、スカートのプリーツをもてあそぶ。「めんどうな事態を引き起こしてしまって。でもこうするしかなかったの、マット。アレックスは私を愛してはいないわ。けれど彼としても愉快じゃないのね。つまり……」

「僕たちが恋人同士だと思うとね。当然だよ。彼の身になって考えれば、我慢できない状況だもの。彼は独占欲の強い男らしいが、妻の愛人だと信じてる僕とその息子に対して、礼儀正しく接することを強いられているんだぜ。彼にかぎらず、男なら頭にくると思うよ」

「アレックスにあるのは所有欲だけよ」アンバーは驚くほどしっかりした声で断言した。「でも、まあ彼が礼儀をわきまえていることだけは認めざるをえないわね。彼が私を愛してるなどという幻想を持っていなかったのが、かえってよかったのかもしれないわ」

悲しみがつい漏れてしまったのか、マットは指でアンバーのほおに触れ、優しく言った。

「元気を出すんだ。この世の終わりじゃないんだから」

「何もかもひどくこんがらかってしまって……」

マットは鋭い目で彼女を観察しながら言った。「彼に真実を打ち明けたらどう？」

「まあ、そんなこと、できないわ！」アンバーは青ざめ、体を震わせた。「ニックの容態が危なかった時には、アレックスに真実を伏せておくのは後ろめたい気がしたの。でも今では、やっぱり黙っててよかったと思うわ。アレックスはクレタ島に帰ったら私を離縁する気よ。再婚して、子供を持つためにね。男の子は暴君に、女の子は従順な女性に育てるんでしょう」

一言一句がきりきりと胸を刺した。アンバーは心中を見透かすようなマットの視線を避け、努めて平静を装ったが、成功したとは思えなかった。肉体関係がないとはいっても、一人の男性と九年間も同じ屋根の下で暮らしていれば、心の中を読まれないほうが不思議だろう。

長い沈黙のあとでマットが言った。「なるほど。それで、アンバー、君はどうするつもりなの？」

アンバーは不意を突かれて口ごもった。「私、わからないわ」

「僕と結婚してもいいんだよ、君にその気があるのなら」

彼女はさほど驚かなかったものの、やはり涙を抑えることはできなかった。「それはいけないわ。あなたはあなたを心から愛している女性と結婚しなくては。もちろん私もあなたを愛しているけれど、結婚に結びつくような愛とは違うんですもの」

マットはちょっと考えてから静かに言った。「まあ、急いで結論を出す必要はないだろう。とにかく僕は君と調子を合わせるから、安心していていいよ」

「たとえ不本意でも、マット？」

彼は枕に寄りかかって寝そべった。「僕が彼と同じ立場に立たされたらどんな気持がするだろうって、つい考えてしまうんだ。ステファニデスの女性関係は問題だとしても、今度の件では彼を尊敬せざるをえないな。彼は君をここへ置き去りにすることもできたのに、とどまってできるかぎりの援助をしたんだからね。まあ、僕には関係ないことだけど。さあ、もっとニックのことを話してくれ」

話に耳を傾けながら、アンバーはとても魅力的だけれど、彼女はそれを自覚してるのかなとマットはいぶかった。いわゆる美人ではないかもしれないが、表情が豊かで、微笑は温かく、正直で率直な女性だ。

彼女が話し終えた時、マットは衝動的に言った。「アンバー、なぜそう固く決心してるんだい、ステファニデスに真実を明かさないって？　ニックを彼と接触させまいとしてるのは、なぜなんだ？」

彼女は一瞬ひるみ、沈んだ表情になったが、すぐにきっぱりと答えた。「ちゃんと説明しなくてはいけなかったわね、あなたをこの一件に巻き込んでるんですもの。私の父が実業家で、母や私をまったくかまわなかったことは以前お話ししたでしょう？　私、アレックスに紹介された時、まるで彼が私の血に火を放ったような気がしたわ。夢中になったの。彼はすごくハンサムで、キスされた時には気絶しそうだった。二人は運命の手で結ばれてるって、私は本気で信じたわ」アンバーは唇をゆがめて自嘲《じちょう》した。「うぶだったのね、ほんとに！　で、私たちは結婚し、バハマで夢のようなハネムーンを過ごしたの。私はこのアドニスと愛し合って、一生幸せに暮らすんだわ、なんて考えたりして。それからクレタ島に帰り、私は初めてアレックスの父親や継母と一緒に住むことを知ったの。アレックスは海外への出張が多かったし、継母のイレーネには女主人の地位を明け渡す気はこれっぽっちもなかったの」

「なるほど。それからどうなった？」

「私はギリシア語が話せなかったでしょ？　だからアレックスの父は家じゅうの者に命じて、私と英語で話すことを禁じたの。おかげで、私はたちまちギリシア語を覚えたけれど」

マットが低い、怒りのこもった声できいた。「君の夫は、君がそんなふうに孤立させられるのを黙認したの？」

なぜかアンバーはアレックスのために弁解したくなった。「彼はお父さまを愛していたし、深く尊敬していたからなのよ。ギリシアの男は家長として強い権力を持つの。お父さまは古い教育を受けたかただったのね、女性の役割は家庭の中だけにあるって信じてたわ。女性にも男性に劣らない知力があるなんて、考えもしなかったと思うの。ほんとうよ。お父さまは、意地悪というのではなく、理解できなかっただけだわ。アレックスは私と二人だけの時はフランス語を使ったものよ」

愛し合う時に。愛し合う時は、いつも――ハネムーンの間でさえも。そして、昨夜もそうだった。アンバーはくぐもった彼のうめき声や熱い体、目くるめく歓びの記憶を急いで心の奥に押しやった。

「たぶん、フランス人の女性を愛人にしてたからだと思うの。名前はガブリエルっていったわ。私たちが結婚する一年くらい前から、アレックスはその人を近くのビラに住まわせていたの。イレーネが全部私に話してくれたのよ。ある日、イラクリオンで見かけた女性を指さして教えてくれたの。背が高く、グラマーで、アフロディテのような顔と月光のような髪をしていたわ。あんなに美しい人を見たのは初めてよ。それに歩き方といったら！　通りの男が全員、息を殺して彼女が通り過ぎるのを見守っていたわ。私など、とうてい彼女の敵ではなかった」

幻滅の悲しみが、アンバーの顔を今でも曇らせる。マットは何も言わなかったが、彼女を見る目は凶暴な光を帯びていた。

アンバーは小さく笑ってみせた。「おかしなものね、九年も前のことなのに、思い出すとまだ心が痛むなんて。私は愚かで単純だったから、慎みも常識さえも忘れてアレックスと対決したの。胸は憤りでいっぱいだったわ」

「で、彼はどうした？」

「素直に認めたわよ」彼女の口調には皮肉と揶揄《やゆ》と悲しみが混じっていた。「彼、当然ひどい報いを受けたわ――涙と非難と哀願を。私も信じられないくらいはしたないふるまいをしたものよ。まったくむだだというのに！　アレックスは冷静で礼儀正しく、取りつく島がなかったの。私はしかたなく、ガブリエルか私のどちらか一人を選びなさいよって言ったわ。すると彼はにやっと笑って、私は彼の妻だって、それ以上何も言うことはないって、そう答えたの」

マットは吐き捨てるようにののしった。

アンバーはふいに疲れを感じた。「まあ、アレックスの立場から見ると、私が我慢するのを期待して当然だったわけ。愛人を持つことは、彼が属してた社会ではごくふつうだったの。私の父もそうだったけれど……。私がニックをギリシアから離しておきたいのは、それが理由なの。裏切られた時に私がどんなにみじめだったか、どんなに深い幻滅を味わったか、とても口では表せないわ……」

「わかってる」マットは優しく言った。「君が僕のところへ逃げてきてから笑うまでに、いったい何カ月かかったか――僕は今でも覚えているよ」

「ニックが成長して、私が味わったような苦しみを女性に味わわせるようなことになったら、私はあの子を産んだことを後悔しなくてはならないわ。あの子はニュージーランドで育つほうが幸せだと思うの。ここには人間らしい生活を持てる希望があるんですもの」

マットはうなずいた。しかしアンバーには彼を納得させたという自信はなかった。男同士というのは、結局かばい合うんだわ。アンバーはどっと脱力感に襲われた。それに、私はなんてばかなんだろう。アレックスを誘惑し、新たな苦しみの種をまいたりして。でも誘惑したのはアレックスではなく、この私。アンバーはそう自分に言い聞かせて、小さな誇りを保った。

「じゃ、これからはどうなるんだい？」

アンバーはアレックスと交わした契約について、マットに打ち明けるわけにはいかなかった。それは男の最大の弱点である自尊心を傷つけ、彼を怒らせてしまうだろう。しかしマットは何かおかしいと察したらしく、出し抜けに手を伸ばしてアンバーの手首をぐいとつかんだ。

「アンバー！　何があったんだ……」

彼女は舌の先で唇をなめ、必死に訴えた。「マット、こうするほかなかったの。あの……」

アレックスの滑らかな声が、病室の戸口で響いた。「おわかりにならないのかな？　アンバーは僕のものなんですよ」ふらりと入ってくると、彼は挑むように目をぎらつかせ、競争相手と信じ込んでいるマットの顔をにらみつけた。「アンバーは僕のものだ。昔も今も、僕のものだ」

8

どうしよう？　アンバーは息を殺した。誇り高いマットは、アレックスの挑戦にどう応じるかしら？

しかし、あわてる必要はなかった。マットはちらっとアンバーに目をやって彼女の無言の訴えを読み取ると、穏やかに答えた。

「それはアンバーが決めることでしょう。とにかく、ここで言い争うつもりはありませんね。その問題は日を改めて話し合うことにしたらどうです？」

アレックスは押し殺した声で言い返した。「僕の言ったことが、おわかりじゃないようですね。アンバーは僕の妻で、僕は彼女とベッドをともにしてるってことですよ。ここにいる間は、僕は毎晩彼女と愛し合うつもりだ。そのあと、君のところに返してあげよう——君がまだ彼女を欲しいと思うなら」

マットは氷のような軽蔑《けいべつ》のまなざしでアレックスを見返した。「君は卑劣な男だな、ステファニデス。君はアンバーが幸せに暮らしているのが許せないんだろう？　彼女を誘惑してまたみじめな思いをさせることで、自尊心を満足させようとしているんだ！」

アレックスはその非難を平然と笑って受け流し、ことさら穏やかに言った。「ああ。でも誘惑したのは僕じゃなく、彼女のほうですよ。僕は男ですからね、きれいな女性が身を任せるって自分を差し出したら、たいていはいただくことにしてるんです」

マットは自制心を取り戻していた。仮面のような無表情でアレックスを見つめたあと、恐怖で青ざめたアンバーの顔に視線を移し、慰めるように微笑して言った。「君から彼の話を聞いた時は、君が誇張しているんだと思った。しかし、どうやら僕が間違っていたようだね」

アレックスは、さもばかにしたようにマットを見つめた。マットの冷静さが意外だったらしく、やがてくるりと背を向けて出ていった。

「やつは僕のことを最低の意気地なしだと思っただろうな」マットがぽつりとつぶやく。

アンバーは狼狽《ろうばい》して、決まり文句で彼をなだめた。「ギリシア人って独占欲が強いのよ——傷物だと思ってるものに対してさえもね」

マットの疑いの表情が少し薄らいだ。「自分が何をしているのか、わかっているならいいんだよ。君がずっとやつを忘れられないでいたことは知っている」アンバーがあっけに取られたのを見て、マットは微笑しながら続けた。「アンバー、初めによほど強く惹《ひ》かれていないかぎり、一人の男の思い出だけに忠実に九年も過ごせるものじゃないよ。君を責めているんじゃない。僕にもやつの魅力はわかる。だけど、これがほんとに君の望んだ状態かい？　彼を愛するのは危険だと君も承知しているんだろう？」

アンバーは苦笑した。再びアレックスとかかわりを持つとはなんてばかな女だと、マットが指摘しないのがうれしかった。「これを最後に、彼のことはきれいさっぱり忘れてしまうつもりなの。そうすれば、人並みの人生を送れるかもしれないわ」

マットはその言葉で納得したらしく、枕《まくら》に背をもたせかけて愛情と理解のこもった笑みを返した。「君の気持はわかるよ。君とステファニデスの間には激しい愛と憎しみがあった。君は平凡な男女関係では飽き足らなかったんだろう」彼は上目使いにアンバーを見つめた。「君は成長して、大人の女になった。しかし、君がこの国へやって来た時にどんなに打ちのめされていたか、僕は今でも覚えてるよ。あんなことには二度となってほしくないな」

アンバーは真剣な口調で言った。半分は自分を安心させるために。「これまでと何も変わりはないのよ、マット。彼と一緒に暮らすわけじゃないから、彼が私を裏切ったって平気だわ。私も年を取って、世の中のことがわかってきたし。ただ、あなたを巻き込んでしまったのは、ほんとうに申し訳ないと思って……」

マットは白い歯をちらつかせて笑った。「おいおい、アンバー、気にしなくていいんだよ。彼は、僕が君に首ったけで、君がだれとベッドをともにしようが気にも留めないって、とんでもない誤解をしてるけど、かまったことじゃないさ、君のためだもの」

実際マットはこだわってはいなかった。アレックスと同じで、彼も揺るぎない自信の持ち主だ。だからこそ、アレックスがアンバーをこのゲームに誘い込むために使った脅迫を、マットに知られてはならない。

アンバーは愛情と感謝をあらわにした顔でマットを見つめた。その時、アレックスが戻ってきた。ひどく不機嫌そうな顔つきだ。

アレックスは低い声で一言つぶやいた――アンバーの名前を。そして彼女は、自分の足が無意識に彼の方に急いでいるのに気がついた。鋼鉄のように冷ややかなアレックスの目がマットの視線をとらえ、逆らう気ならやってみろと挑む。マットの鷲《わし》に似た鋭い顔を奇妙な表情がよぎる。だがマットはぐっとこらえて、何も言わなかった。

西部劇の決闘シーンみたいだわ、とアンバーは思った。けれどもこれはお芝居ではない。アレックスの敵意とマットの抵抗が、がっちりと組み合い、どちらも譲る気配がない。長いにらみ合いの末に、アンバーは二人の男が相手に対してしだいに尊敬の念を抱き始めたのに気がついた。そして不思議なことに、その場の緊張を解く役割を果たしたのは、アンバーだった。「私、ニックの部屋に戻るわ。あの子がいつごろ退院できるのか、お医者さまに見通しをきいてみたいの」

小さな子供のために、それまで無言の対決をしていた男二人が休戦するのを眺めるのは、妙に心が温まった。

「僕が来たのは、ニックの検査が終わって君に会いたがっていることを知らせるためだった」アレックスはそう告げて、彼女の腕を取った。

ニックの顔を見たとたん、アンバーののどに熱い塊が込み上げ、せき払いしてごまかさなくてはならなかった。「頭の具合はどう、ニック？」

少年はにっこり笑った。「痛いけど、だいぶよくなったよ。ママ、僕はいつおうちに帰れるの？」

「それはママにもまだわからないわ」アンバーは苦笑して言った。「少なくともあと数日はかかると思うけれど。あなたは頭を打ったんですもの」

ニックはもじもじ体を動かし、アンバーの背後に無言で突っ立っているアレックスに興味津々の目を向けた。それから、彼としては精いっぱい丁寧に言った。「こんにちは。僕、ニック・ダンカンだよ」

アレックスはかがんで、少年と握手を交わした。「おじさんは、アレックス・ステファニデス」

ニックの顔がぱっと輝いた。「あっ、僕、おじさんのこと知ってる。よくラリーに出場してたでしょ？　途中でやめなかったらトップクラスのレーサーになれたはずだって、雑誌に書いてあったの。どうしてやめたんですか、ミスター・ステファニデス？」

アレックスは微笑した。「残念ながら、おじさんの仕事に差し支えたんだよ、坊や。ラリーに夢中になって、ほんとうの仕事をなまけてしまったから」

ニックはアレックスが選択を誤ったと考えたようだが、行儀よく口には出さなかった。「僕、大きくなったらレーサーになるんだ。牧場にある車は、どれでも運転できるよ。ブルドーザーは無理だけど。でも免許を取れる年になるまでは、牧場の外の道に出てはいけないんだって」

アンバーには息子の話し方や表情豊かな顔の動きが、アレックスとそっくりに思えてならなかった。彼女は今日まで、ニックは母方の血筋を濃く受け継いでいると信じてきた。髪と肌の色は確かに母方の北方系の温かな金色で、地中海人の父親の浅黒さとはほど遠い。けれども目鼻だちは父親と同じようにギリシア人的で、彼が成人した時には二人はとてもよく似た親子になるだろう。

不安に駆られながらも、アンバーは冷静な声を心がけた。「ニック、ミスター・ステファニデスはお忙しいかたなの。あなたとおしゃべりして過ごすわけにはいかないのよ」

ニックは失望の表情を見せたが、すぐに明るくうなずいた。心の中を見透かすようなアレックスの鋭い視線に耐えていたアンバーは、彼の次の言葉で心臓が止まる思いがした。

「君と会えてうれしかったよ、ニコス。また来るからね」

アレックスが病室を去ったあと、ニックは母親を責めるように言った。「おじさんを追っ払わなくてもよかったのに、ママ。僕、もうなんともないんだもの」

アンバーがあやふやに答えると、ニックはくすくす笑った。だがその日一日ベッドのかたわらで過ごしながら、彼女は落ち着かなかった。もしアレックスが毎日ニックを見舞いにやって来るようになったら、あの明晰《めいせき》な頭脳が真実を探り出すのにあまり長くはかからないのではないか？

夕食はホテルのスイートでとった。アンバーもアレックスも黙りがちだった。食後にアレックスが電話をかけている間、アンバーは新聞に目を通してから窓辺に歩み寄った。眼下に広がる町と港。どうしようもなく気分が落ち込む。窓ガラスに額を押し当てていると、まぶたの裏が熱くなった。ニックが回復したことで、安堵《あんど》と幸せを感じて当然なのに、なぜか人生をしくじった人々のことばかりが頭に浮かぶのだ。もちろん、極度の緊張から解放された反動だろう。しかしそうは思っても、立ち直るのは難しかった。彼女は未来を思い、それが灰色に塗りつぶされているような気がした。電話の用件がすんだらしく、アレックスが背後から声をかけてきた。

「何をしてるんだ？　階下《した》で何か飲むかい？」

彼に涙を見られてはならない。アンバーは精いっぱいしっかりした口調を心がけた。

「いいわね。私……」

彼の手がアンバーの肩にかかり、向き直らせた。彼女の顔を見つめているうちに、彼の表情も硬化した。「なぜ泣いてた?」

彼の顔も声もまったく感情を欠いているという事実が、アンバーを脅かした。「私、泣いては……」

「嘘《うそ》をつくんじゃない。目がぬれてるじゃないか」

アンバーは唇をかみ、真実を告げることにした。「反動だわ、きっと。気が緩んだのね。夢見心地でいていいはずよって自分を励ましてもだめなの、憂鬱《ゆううつ》になるばかりで。ばかみたいでしょ?」

「まあね。しかし君はいとこに会いたいんだろう?　だとしたら、ばかみたいでは片づけられない」

「そんなんじゃないの」

「じゃ、僕と一緒に来るね?」

「さっき、同意したはずよ……」

彼はアンバーのほおをなで、親指で下唇をなぞった。微笑を浮かべているが、目は笑っていない。「気が変わったんだ。バーの代わりにベッドへ行こう」

アンバーは怖かった。彼の冷静さは、台風の目の静けさを思わせて不気味だった。抗議しようとして口を開き、またつぐんだ。彼は黙って彼女を見つめているだけだが、どんな抵抗もむだということを感じさせた。

「いいわ」彼女はか細い声で答えた。逆らっても、彼を楽しませるだけだもの。さっさとベッドルームに行き、服を脱いでベッドに横たわった。両手を体のわきで握りしめ、目を閉じる。何も怖がることはないわ、彼と数時間前に愛を交わしたじゃないの、と自分に言い聞かせた。なぜか彼は怒っている。たぶん、優しく接してはくれないだろう。けれど、残忍な異常性格者というわけではないのだ。

「君はまるで赤ずきんちゃんだな、おばあさんだと信じていたのが狼《おおかみ》だって気がついた時の赤ずきん」こちこちに緊張したアンバーの隣に長身を横たえながら、アレックスはけだるい声で言った。「君を食べるつもりはないよ、アンバー」

「わかってるわ」

「まあ、怖がるのも当然かもしれないが」

アンバーは総毛立った。しかし彼の手は狂おしいほど優しく、あごからのどのくぼみを微風のようにかすめた。すねた子供のように横たわっているのは、おくびょう者のすることだわ。彼女は目を開いたが、彼の端整な顔は平静そのもので、形のいい唇にかすかな笑みをたたえて、なんの感情も表していなかった。

では、なぜ彼に激しく脅威を感じるのだろう？　まともに考えられないほどおびえているのは、なぜかしら？

アンバーはアレックスの名前をささやいた。けれども彼はその哀願を無視して、浅黒い手を彼女の滑らかな肩からほっそりした腕へ、さらに胸のふくらみへはわせた。

アンバーはいやいやをするように小さく頭を振り、アレックスの熱っぽい顔に視線を据えた。かすかな潮の香とじゃこうの香りの混じったようなにおいが鼻孔をくすぐり、スタンドのほのかな明かりが彼の腕や頭の巻き毛に戯れている。アンバーはふいに体が熱くなるのを感じた。全身におののきが走るのを、奥歯をかみしめて耐える。

「見てごらん」アレックスがつぶやいた。「君の肌と比べると、僕の手はなんて黒いんだろう。もし僕が画家だったら、鏡を使って二人の絵を描《か》くんだけど。そしてその絵に〝コントラスト〟と題をつけて、一人で眺めて楽しむんだ」

アンバーはぐっとつばをのみ込み、かすれた声で言った。「あなたがポルノをお好きだなんて、ちっとも知らなかったわ」

「ポルノになると思うのか？　純粋な欲望には、ポルノが入り込む余地はないさ」

頭の中でいくつもの言葉が渦巻いていたにもかかわらず、声にならなかった。アンバーは、彼の指の魔術に魅せられていた。その手が柔らかな胸のふくらみを押さえると、甘美なうずきが電流のように全身を走った。彼女は半ば目を閉じ、ゆっくりと頭を傾けて、アレックスの肩に唇を押し当てた。

彼のおののきが、自分のもののように感じられる。アンバーの情熱が一気に燃え上がった。両手がせわしなく彼の肩から腰、引きしまった腰をなでる。彼は声を放って笑いながら、彼女の上に覆いかぶさった。次の瞬間、荒々しいしぐさで彼女の体を奪った。

アンバーはあえいだ。目を上げ、アレックスの顔が情欲にゆがんでいるのを見た。彼の名前を叫び、体を弓なりに反らす。やがて思考力が薄らいでいき、感覚が苦しいほど研ぎ澄まされた。長いエクスタシーのらせん階段を彼に導かれて上り、目もくらむ頂上を極めた直後、一気に墜落した。深い歓《よろこ》びに浸りながら、アンバーは自分がすすり泣いていることに気がついた。

「しいっ」荒い息づかいがおさまると、アレックスは彼女ののどに押しつけていた顔を上げた。「泣くんじゃない、アンバー」

「ごめんなさい。私……あの、なんでもないわ。ただ……」口ごもりながら言いかけたが、思い直した。けれども彼は彼女を鋭く観察し、満足そうに表情を緩めた。

「やつは君にこの歓びを与えることができないんだな」アレックスは挑むように言った。アンバーは無言で顔をそむけた。だが彼は彼女のあごに手をかけて容赦なく引き戻した。「僕を見るんだ、アンバー。そして、やつのベッドの中でも君は今みたいな歓びを味わっているって言うんだ」

アンバーは震える唇をかみ、彼が低く笑うのを耳にして青ざめた。

「言えないんだな。やつは気を失いそうになるほど激しい歓びを、君に与えられないんだな？」

「セックスがすべてじゃないわ」

アレックスはわけ知り顔で微笑し、舌の先でアンバーの下唇に触れた。完全に無関心であって当然なのに、その小さな愛撫《あいぶ》を受けてアンバーは思わずあえいだ。彼はまた笑い、熱い息を吹きかけるようにしてささやいた。「もちろん、セックスがすべてじゃないさ。しかし君は欲望が強いからね、アンバー。それは重要なことじゃないのかい？　君は彼に対して友情しか持ってないようだが、彼は君の血のたぎりを満足させられないんだろう？まあいい。情熱がどんなものか、僕が教えてあげよう。そうすれば彼の手ぬるい愛撫を受ける時に、君は僕とのことを思い出して、少しは炎を静めることができるかもしれない」

「あなたは、けだものだわ！」

アレックスは男としての能力に自信たっぷりの様子で、にやっと笑った。「なぜそんなことを言う？　僕のせいでやつを忘れてしまうからか？　僕が触れると震え、僕が愛撫をやめると哀願し、僕に愛されると声を出して叫んでしまうからか？　それが、どうして僕の罪なんだ？　君は僕の妻なんだよ、アンバー。やつの妻じゃなくてね」

アレックスは痛いほど荒々しくアンバーの唇を奪った。それから半ば軽蔑するように、唇をゆっくりと彼女ののどのくぼみからこめかみに、そして温かい絹のような胸のふくらみにはわせた。彼女がくぐもったうめき声を漏らし、ぴくりと体をけいれんさせるのに気がついて、彼はまた笑った。

「アンバー、今度は君が僕を愛してくれ」アレックスはあおむけに横たわり、彼女を胸の上に抱き寄せた。

あとで、彼の魔術から自由になった時、アンバーは自分を恥じた。なぜなら、彼女はアレックスに抱き寄せられ煙ったようなグレーの瞳を見下ろして、不遜《ふそん》な誓いを立てたのだから。今度こそ彼に自制心を失わせてやろう、傲慢《ごうまん》な自己過信を女の武器で突き崩し、彼に思い知らせてやろう、と。

アンバーは経験がなかったから、彼を誘惑するためにはよく考え、目を見開いて観察し、耳を澄まして相手の漏らす声をとらえ、推理を働かせなくてはならなかった。すると、彼女自身の欲望と、愛の持つ洞察《どうさつ》力が、彼女を助けてくれた。

彼の心を読むのはなんてたやすいのかしら。アンバーは自分の思いがけない能力に驚嘆した。そして、彼の情熱をあおる行為が、自分自身の欲望をも目覚めさせることに気づいた。両手と唇と肌の触れ合いで彼の理性を徐々に奪い、その成功に満足を覚えながらも、もうこの知識を必要とすることはないのだと思うと、胸を寂しさがよぎった。

彼と結ばれたとたん、アンバーは一瞬息をのんだ。異様な感覚が背筋から頭に走り抜けて、思考が遠のいた。けだもの。彼女はさっと巻き毛を振り払い、声をあげて笑った。体が自然に動いた。太古の女性から受け継いだ本能が、彼女の体を滑らかに動かした。彼への愛が羞恥《しゆうち》心を忘れさせた。

もっと深く、もっと強く、もっと激しく。浅黒い顔を凝視したまま、アンバーは体の中でしだいに高まっていく大波を感じていた。寄せては返し、持ち上げては転落させながら、彼女を岸へ近づけていく。

最後の波が目もくらまんばかりの高みに押し上げ、アンバーをのみ込んで一気に砕けた。彼女は叫んだ。続いて、彼女を支えていた男が叫んだ声を、かすかに聞いた。

アンバーは汗ばんだ彼の体の上にくずおれた。全身の力が抜けて震えが止まらない。アレックスは彼女の頭をあごの下に抱き寄せ、ものうげにつぶやいた。「眠るんだ、アンバー」

その夜のうちに彼は出ていったのに違いない。翌朝アンバーが目を覚ました時、残されていたのは一枚の書き置きだけだったから。

宛名《あてな》も署名もなく、三つの文章が彼らしい大胆な筆跡で記されている。〈僕は行かなくてはならない。君の息子が退院できる日まで、このスイートは自由に使ってくれ。近日中に僕の弁護士が連絡する〉

アンバーはこうなることを予期すべきだった。いかにもアレックスがやりそうではないか。自制心を失うことは、彼にとっては耐えがたい屈辱なのだ。そして彼は反撃に出た、ちょうど九年前と同じように。

もちろんあらかじめ警告はあった。アレックスは彼なりにフェアプレーを演じたと言わざるをえない。二人が生み出した情熱の嵐《あらし》よりもさらに激しい復讐《ふくしゅう》心を抱いていたという事実以外、彼を責めることはできないのだ。これから私は一人で苦しみに耐え、悲しみを隠して生きていかなくてはならない。

意外にも、それはたいして難しいことではなかった。アンバーは心を氷漬けにした。マットが心配そうに見つめると、気づかないふりをして無視した。ニックの回復は目覚ましく、彼には母親の悲しみを顧みる暇はなかった。しかし彼女は今、なぜ九年前に自分があれほど急いで逃げ出したのか、その理由がわかっていた。あれはアレックスが主張したような、挫折《ざせつ》に対する子供っぽい反応ではなかった。そうではなく、アレックスが自分を二度と立ち直れないほど深く傷つける力を持っていることを、本能的に察知していたからなのだ。

当時、それを理解するにはアンバーはまだ幼すぎた。だが、彼を愛するようになるだろうという予感はあった。愛に目覚めるのが遅すぎたんだわ。彼女はもどかしい思いをかみしめた。でも、あれはまるで嵐。私を根本的に変えたのは、自然の力に似た激しい情熱だった……。

やがて、牧場に帰ってから三カ月過ぎたある朝、アンバーはベッドから起き出したとたん吐き気を覚えた。もう自分を欺くことは不可能だった。内心おびえながら朝食用の部屋に行くと、マットはもういなかったが、ニックが家政婦を相手に何度目かの事故の話をしていた。お茶を一杯飲むとずっと気分がよくなって、元気なニックの相手をすることができた。

「ママ、僕はいつからフットボールを始めていいの?」

「今日からいいわ」

少年はまじまじと母親の顔を見た。「ほんとう? 先生が許してくださったの?」

「ええ、そうよ、坊や」

「わあい! やった!」少年は声を弾ませた。「僕、もう何も注意しなくていいの?」

「ええ。ふつうにしてていいのよ」

ニックは歓声をあげて椅子から滑り下りると、キッチンに走り込んで家政婦にニュースを告げ、そのまま庭に飛び出した。叫び、笑いながら、庭じゅうを走り回っている。アンバーの微笑がふっと消え、カップの中に目を落とした。いったいどうすればいいんだろう?

ここにとどまる勇気は持てなかった。マットに対して公正を欠くうえに、アレックスが監視している恐れがあった。彼女が避妊の手段を講じていなかったことを、アレックスが気づいたかどうかは不明だが、彼女が身ごもった子供をマットのものだと彼に信じさせるのは、もう不可能だ。だとすれば、逃亡するしか方法はないが……。

アンバーはいらだたしい思いで涙をこらえた。泣くなんて、ばかげてる。最初から妊娠の可能性があることは承知していた。二人は非常に相性がいいらしい。彼女は思わず声に出した。「どうして私だけが？　フェアじゃないわ」

みじめな日々が続いた。体がだるく無気力になり、仕事が手につかなかった。マットはいぶかしげにそんな彼女を見守っていたが、ある日、それはショックの後遺症ではないかと言った。

「くだらないこと言わないでよ！」アンバーは荒々しく否定した。

「じゃあ、いったいどうしたんだい？　この血統書には三箇所も誤りがあるし、昨日は手紙を書き損じただろう？　君らしくないよ、アンバー」彼女が顔をそむけるのを見て、マットの声が厳しさを増した。「ステファニデスに会いたいのかい？」

アンバーは乾いた笑い声をあげた。マットには黙っていよう。彼女は心に誓ったが、すぐにその考えを捨てた。さんざん迷惑をかけておきながら、彼を欺くなんて許されない。

彼女は正直に言った。「私、子供ができたらしいの」

マットは何も言わない。アンバーは目を上げて、怒りにこわばった顔を見つめた。彼が口汚くののしるのを、彼女は聞こえないふりをした。するとマットはふと表情を和らげ、彼女の肩に手を回した。「アンバー、どうするつもりなんだ」

彼女はすすり泣きをこらえて小さい声で言った。「私、どうしてあなたと恋に落ちなかったのかしら？　そうすれば、生きていくのはずっと楽だったでしょうに」

マットは短く笑った。「さあ、それはどうかな？　ステファニデスが妻の浮気を歓迎するような男とは思えないよ、僕には。彼、何も言ってこないんだね？」アンバーがうなずくのを見て、きっぱりと言った。「ここを自分のうちと思ってくれていいんだよ、アンバー、わかってるね？　しかし、今度は彼をだますことは難しいだろう」

「ええ、そうなのよ、マット。私、なんてばかなことをしてしまったのかしら！　アレックスが怖かったから、ニックはあなたの子供だと世間を欺き、それがあなたにどんな迷惑をかけることになるか考えもしなかったわ」

彼女の肩を抱いているマットの腕に、力が入った。「今回も君が世間を惑わすつもりなら、喜んで協力する……」

廊下の物音に、マットはぐっと頭をねじった。ドアが開き、ばたりと閉まった。

「ここは僕のうちだよ、ステファニデス」マットが穏やかに言った。

「そこにいるのは僕の妻だ」アレックスの口調はものうげで、ひどく危険な響きを帯びていた。

「僕のいとこでもある」

マットはおじけづいてはいなかった。だが、アンバーは彼の腕から体を引き離した。そしてアレックスが疲れた様子なのに気がついて、思わず言った。

「どのくらい旅していらっしゃったの、アレックス？」

「二十四時間――どうってことはない。ほとんど眠ってたから」

「ここへは、何をしに？」

アレックスの冷たいまなざしに射すくめられて、アンバーはたじろいだ。

「僕が来たのは――君が妊娠したかどうかを確かめるためだ。それが僕の復讐になるはずだった。君を身ごもらせて、子供を奪う計画だったのさ。ところが君とオークランドに滞在中、君の息子が僕と同じ色の瞳を持ってることに気がついたんだよ。ほかにも二、三僕の興味を引く事実があった。上目使いに人を見て微笑する癖は、僕の母にそっくりだ。そして君だよ、アンバー。君は僕があの子に近づくたびに、ひどくおびえてたじゃないか」

彼女はその場に凍りついたように立ちつくした。血の気を失い、目を大きく見開いて。

「僕は弁護士に連絡した。彼はちょっとした調査をして、子供の父親を確認する方法を見つけてくれたよ。遺伝子から父親を識別する新しいやり方だ。世界の法廷で認められてるから安心したまえ。テストの結果は、僕が、ニックの父親だということをはっきり証明したよ、アンバー」アレックスはそう言って一息入れたが、アンバーは声もなく彼の非情な顔に見入るばかりだった。彼はばかにしたように続けた。「たいして驚きもしなかったけどね。外科医は初めから僕の子供だと思い込んでいたし、ニックという名前だって僕の父にあやかったんだろう？　今身ごもってる赤ん坊には、なんて名前をつけるつもりだ？　それも僕の子供だよ」

「あなたのスパイの手にかかったら、どんな秘密も暴かれてしまうんでしょうね」

アレックスはにんまりと笑った。「全部ってわけにはいかないと思うよ。でも金さえ出せば、たいていのドアは開くものさ。金を出すか、あるいは財産を奪うと言って脅しをかければ。君だって、恋人の財産を守ろうなんて気を起こさなかったら、僕の子供を身ごもることはなかったはずだろう？」

マットの日焼けした顔がさっと青ざめた。「今、なんて言った？」

「アンバーから聞いていないのか？」アレックスが横柄な口調で言った。「彼女が僕と一緒に島へ行くのを承知したのは、僕が君を破産させて二度と立ち直れなくしてやる、と脅迫したからなのさ」彼はマットの唖然《あぜん》とした表情を皮肉っぽい目で眺め、いやみたっぷりに締めくくった。「君のために女が体を売ったと聞かされて、どんな気がする？　教えていただけますかな？」

マットはそれには答えず、アンバーの血の気を失った顔を食い入るように見つめた。

「今のは、ほんとうなのか？」アンバーが恥ずかしそうにうなずくのを見て、マットは押し殺した声で言った。「君を殺してやる！」

マットは自分の腕をつかんでいるアンバーの手をそっと外すと、つかつかとアレックスに歩み寄った。アレックスは口もとに嘲笑《ちょうしょう》を漂わせ、伏せたまつげの下からじっとマットをうかがっている。短剣は抜き放たれ、鋭い刃がきらりときらめく――彼が闘いを予期し、ひそかに楽しんでいることは明らかだ。

なんてばかなの、二人とも！　アンバーは大声でののしったが、効き目がないと見て、とっさに床にくずおれた。効果はてきめん。アレックスが走り寄り、彼女を抱き上げてソファに横たえた。

「早く何か飲み物を」アンバーの顔の上で、アレックスがマットに命じた。だがマットが部屋を出ていったとたん、アレックスの態度ががらっと変わった。「もういいよ、アンバー。君が気を失っていないことはお見通しだ。君のいとこだって知ってるよ」

「お二人の顔が立つようにしたのよ」彼女は目を開けながら答えた。

アレックスの怒りはすこしおさまったらしく、苦笑してうなずいた。「そのとおりだ」だが、マットが戻ってくるやアンバーをぐいと抱き寄せ、荒々しく言いつのった。「彼女は僕のものだ。彼女は愛してほしいって、自分から僕に迫ったんだぜ。それも一度じゃなく、二度もだ。それでも君は、彼女が欲しいと言うのか？」

「君はどうなんだ？」マットは一歩も譲らない。

アレックスは自嘲するように苦々しく笑うと、悲痛な声で答えた。「僕か？　僕はずっと彼女が欲しいと思ってた」

マットが冷静そのものに切り返した。「じゃあ、なぜ彼女にそう言わないんだ？」

アレックスはアンバーをソファに座らせ、いとおしむようにほおをなでた。「君は僕と一緒にギリシアに帰ってもいいんだよ。強制はしないが、子供たちは僕が連れていく。二人とも僕の子供だから」

アンバーは信じられない思いで言い返した。「だめ。そんなこと、許さないわ」

自制心を失い、アレックスは彼女の肩をつかんで揺さぶった。「君が先に僕の息子を盗んだ。君はそれで僕に復讐したんだ。なぜ、僕が同じことをしてはいけないんだ？」アンバーに答える暇も与えず、彼は深い苦悩をあらわにして続けた。「アンバー、君はどういう女なんだ？　僕の息子を僕から引き離して、別の男を父親だと信じ込ませたなんて」

二人ともマットが出ていったのには気がつかなかった。アンバーは、真実を知ればアレックスが怒るだろうと予期していた。予想外だったのは、彼が激しい苦痛をあらわにしていることだ。

「復讐のためではなかったわ」アンバーの声は震えた。「アレックス、私ね、ニックが、男だというだけの理由で自分を女性よりも優れた存在だと考えるような人間に育つのは耐えられなかったの」彼女は片手でアレックスのほおに触れる。「イレーネは、あなたのお父さまには愛人がいるけど、だれでもしてることなんだって話してくださったわ。私の父も……。母が泣いているところを、いったい何度見たかしら。私は自分の息子は女性を対等の人間として尊重する男に育てようと決心したの。それだけよ、復讐する気などまったくなかったわ。ここに来てから二、三カ月たつまで、妊娠してることさえ知らなかったんですもの……。それに私、マットが父親だとは、一度もニックに言ってないわ」

「でもあの子はそう思ってるよ」アレックスはせせら笑った。「あの子は赤ん坊じゃない。君たちが恋人同士だってことに感づいているさ」

アンバーはすすり上げながらも、ぎらぎら光る彼の目を負けずに見返した。「マットとベッドをともにしたことはないわ、一度だって。彼は私のいとこでとても大切な人よ。正直に言って、恋人としての彼はどんなだろうって想像したことはあるわ。でも、自分の恋人にしたいと思ったことはなかったわ」

アレックスは抱いていたアンバーの肩を突き放した。彼女はよろめき、勢い余って床にしりもちをついた。息が切れて、立ち上がることができない。

「あっ！」アレックスがさっと彼女の前にかがみ込み、途方に暮れた顔で抱き上げた。

「なんてことをしてしまったんだ……。僕のかわいい人、けがはなかったかい？」

「ええ……ちょっと痛かっただけ」

アレックスはアンバーをソファの上に下ろすと、その前にひざまずいて彼女の冷たい手を握りしめた。「嘘をつく必要はないんだよ。マットが君の恋人だと思うといい気持はしないけど、僕には君を非難する資格はないから」

「マットと私は恋人同士ではないわ。誓うわ」アンバーはきっぱりと答え、アレックスの瞳の奥に野性の歓びが燃え上がるのに気がついて目をつぶった。

「君は殺されても当然なんだよ、僕をこんなに苦しめて」彼はうなるように言った。「ところが、僕の胸はうれしさでいっぱいだ。君には恋人はいなかったって！　いや、待てよ、マット以外の男がいたのか？」

アンバーはため息をついた。彼は結局、昔と変わってはいないようだ。「いないわ。だけど、もしいたとしたら？」

アレックスは体を乗り出して、彼女のまぶたにキスした。「君がその男のことをすっかり忘れるまで、君を愛しただろうよ」アンバーはにっこり笑った。ちょうどその時、おなかの中で赤ん坊がぴくっと動いた。彼女がアレックスの手を取って腹部に導くと、彼はギリシア語で何かつぶやき、熱い口調で叫んだ。「アンバー、僕の大切な人、かわいい人、僕を許してくれ。僕と暮らし、僕を愛してくれるかい？　これからは君だけを愛すると誓うよ。信じてくれ」

「信じるわ」アンバーは明快に答えた。

アレックスは満足そうに笑い、手を当てていたところにくちづけをした。「僕はどうやら、とても幸せな男らしい」

アンバーも声をあげて笑い、彼の頭を胸に抱き寄せた。「あなたは初めから幸せな男性だったのよ、気がつかなかっただけで」

「えっ？　アンバー、君は僕を愛してる。そう信じていいのか？　君を妊娠させて子供を奪う気だった、この僕を？」

目を開けながら、アンバーはうなずいた。「あなたはそんなことのできる人じゃないわ、アレックス。ニックがけがをしたって聞いたら、すぐに私を病院に連れていってくれたでしょう？　私から子供を奪うなんてことが、できたはずがないわ」

「できると思ってたけどね、僕は自尊心の塊だったから。ガブリエルのことで君に譲らなかったのも、やっぱり自尊心のせいなんだ」アンバーにまじまじと見られて、アレックスはため息をついた。立ち上がり、窓辺に歩み寄る。秋風が吹き渡る庭に目を凝らして、彼は淡々と続けた。「彼女とは別れるつもりだった。愛人を持ったままで君との結婚生活を始めるのは、さすがにやましかったんだ。僕は何事にも一点集中主義なのさ」

アンバーはまゆをひそめた。「だったら、なぜ……？」

「ガブリエルに対して気がとがめたんだよ。結婚するからもう会わないって言い渡したら、泣かれてね。僕は、彼女が愛人という立場を忘れて本気で僕を愛してしまったのかと思った。彼女にとって僕は最初の男じゃなかったけど、二人はけっこう長い期間、お互いに満足していたからね。というわけで、僕はイラクリオンの家から出ていけとは言えなくなった。僕が彼女のためにフランスに家を買ってやるつもりでいたことは、彼女も承知していたんだが。あれは結婚式の二週間前だったか、彼女は僕のところにやって来て、妊娠しているって告げたんだ」

「気の毒な人！」アンバーは、今では哀れみを感じる余裕があった。「あなたはもちろん、彼女のめんどうを見なくてはならなかったわけね」

アレックスはうなずき、沈んだ口調で言った。「そうなんだ。あのころ、もうすでに君を愛していたと言いたいが、そう言えば嘘をつくことになってしまう。僕は君が好きだった――うぶで恥ずかしがり屋のおちびさん。僕にキスされると、君は火のように燃えたっけ。僕は君が欲しくて、夜も眠れなかったよ。やがて君を愛するようになる、という予感があった。そして僕は、ガブリエルに対してものすごく腹が立った。でも彼女を追い出すわけにはいかなかったんだ――僕の子供を身ごもってたからね」

「私には知られるはずがないって思ってたんでしょう？」

アレックスが表情を曇らせた。「ああ。君に知られたのは致命的だった。僕はガブリエルの子供を扶養し、時機を見て君に打ち明けるつもりだったんだ。君が僕を愛し、僕を信じるようになったら話そうと思ってた」彼はため息を漏らしてアンバーの方に向き直った。「火のように燃え上がるのは君の体だけじゃないって、僕は気がついていなかった。まったく、君のかんしゃくときたら……。イレーネは、僕が彼女のいとこの娘と結婚することを願っていたので、君と結婚したのを恨んで仕返しの時機をねらっていた。それで君にガブリエルのことを告げ口したのさ。でも、彼女には君を追い出す気はなかった。君を追い出したのは、僕だ。僕が傲慢だったためだ。僕はね、十八にもならない子供を思いのままに操縦できないのは男の恥だって信じていたんだよ。でも君は反抗し、妥協しようとはしなかった。僕は、君が僕を愛するあまり、何もかも忘れてくれるように望んでいたんだと思うよ。僕はあのころ、君に夢中になりかかってたから」

「私もあなたに夢中だったと言ってもいいのよ」アンバーは遠い日々を思い出すように言葉を切った。「もちろん今とは違って、子供っぽい恋心にすぎなかったけれど。でも、大人の愛に成長したはずよ。あなた、ガブリエルのことを過去形で話したわね、彼女とはもう……」

「別れたよ。赤ん坊が死んだあと、僕は彼女を南フランスに連れていった。今はカンヌでブティックを経営している。二カ月ほど前に会ったけど、とても幸せそうだったよ」

「よかった」

心を強く揺さぶられて、アレックスはアンバーの前に駆け寄り、そっと抱きしめた。

「僕は君を誘拐した男だよ。そんな男をどうして愛せる？　君と君のいとこの関係を邪推して、二人の仲を引き裂こうと計画したこの僕を」

アンバーは彼がひそめたまゆをそっとなで、唇の刺激的な輪郭に触れながら、ささやくように答えた。「愛しているからよ、あなたを。ニックが入院してた時のあなたのふるまい、りっぱだったわ。マットと顔を合わせるのはさぞいやだったでしょうに、踏みとどまって私を支えてくださった。私、あなたの魅力に逆らえない気がして」

アレックスは声をあげて笑い、アンバーに素早いキスを浴びせてうれしそうに言った。

「そうとも、僕のかわいいアンバー。ところで、なぜ僕の息子は僕と君が最後に愛を交わしてから十カ月と二週間もたって生まれたんだろう？　わけを説明してくれないか？」

「そのこと？　ニックは予定日から二週間遅れて生まれたの——あの子はなんでも自分の気が向いた時にするたちだから。あなたと私は、あなたがニューヨークへ旅立つ前夜も、愛し合ったのよ。あなたは半分眠ってらっしゃったけれど」

アンバーの説明を、アレックスは顔をしかめて聞いていた。「そうか。あの夜のことは、とりわけ真に迫った夢だと思ってたんだ。あれから何度も同じ夢を見たよ。この九年間、数えきれないくらい……。そして目を覚ますと、君を追いやった自分の愚かさと、手のつけられない傲慢さを後悔した」アンバーがこの世でもっとも珍しくか弱い生き物であるかのように、彼はほおをそっと彼女の頭の上に載せた。「君のお父さんが亡くなられたあと、残された書類を調べていて、君のいとこの存在を発見した。その時に僕はひらめいたんだ、もしかすると君はそこへ逃げたんじゃないかって。僕はうれしかった。興奮を抑えられなかったよ——君はもう僕を愛していないかもしれないって自分に言い聞かせたけど、心の奥では必ず君を取り戻すことができると信じていた。この腕に抱いた女性の中で、まったく自分を失ってしまったのは君だけだもの」

「それであんな突拍子もない計画を持ってやって来たの？」

アレックスは苦笑した。「見透かされてしまったな。君がここで幸せに暮らし、マットとの間に男の子までもうけているという報告を受けた時、僕は手ひどい裏切りにあったような気がした。僕たちの美しい愛の記録に、泥を塗られたようなね。君は僕が触れようとすると拒んだくせに、マットには息子を与えたと思うと、気がおかしくなりそうだった。一時はほんとに気がどうかしていたと思うよ。君を罰してやろうと決心したんだからね。君が優しい母親だということは、わかっていた。だから僕は君を身ごもらせて、生まれた赤ん坊を奪うつもりだったのさ」

「あの時は、あなたにレイプされると覚悟してたの」アンバーは恥じらいながら言った。

「でも違ったわ」

「そのつもりだったけど、やっぱりひるんでしまって。君から求められたほうが復讐はずっと甘美なものになるからって、自分を納得させたんだ」

「そのとおりだった？」

アレックスの声が沈んだ。「自分のしてることに吐き気がしたよ。でも、断念するのは自尊心が許さなかった。君は昔のままだった。かわいらしく、恥じらいに満ちていた。しかし同時に、刺激的な大人の女に成長していた。そんな君を僕に夢中にさせる――それが僕のチャレンジになった。頭の中はそのことでいっぱいだったよ。君が僕を一生愛し続けるようにすることこそ真のチャレンジだと気がついたのは、君から離れたあとだったんだ。

ところがその時は、また君に猛烈に腹を立てていた。ニックのことで君に疑いを抱いていたから」

アンバーは小声で言った。「わかったわ。それで最後の夜のあなたは、あんなに……あんなに激しかったのね」

アレックスは彼女に鋭い視線を向けたあと、思い出すのも苦痛なのか顔をそむけた。「屈辱と怒りと苦悩――僕はその三つに同時にさいなまれたんだ、楽じゃなかったよ。この苦しい愛に負けて心が弱くなる前に立ち去らなくてはならないと決心した。アンバー、あの最後の夜、君はおかしくなったように情熱的だった。僕は、自由でいたかったら君から逃げ出さなくてはならないと直感した。しかしテストの結果、ニックが僕の息子だとわかった時……ああ、僕がどんなに憤ったか、言葉では表せないよ。君から離れたあとで雇った調査員が、君が妊娠してるようだと報告してきた時、僕はしめたと思った。ここを訪れる口実ができたわけだからね」

アンバーは少し体をずらして、探るように彼の顔を見つめた。端整な顔に自嘲の色がありありと表れていた。「ニックと赤ちゃんを連れていくって、私に宣告するために？」

「まあ、それが僕自身に言い聞かせた口実だけど、ほんとうのところは君に和解を申し出る気だったと思うよ」アレックスは小さく笑ってみせた。「僕の復讐計画は、僕自身にはね返ってきたわけさ。認めたくはなかったが、僕は君を愛していて、君を失うのがどんなことか痛いほどわかっていた」

一陣の強い秋風が窓ガラスをたたいた。室内は暖かかったにもかかわらず、アンバーは体を震わせた。「で、今は？　どうなさるおつもり？」

アレックスは自信のみなぎる口調で答えた。「君と一緒にクレタ島に帰る。新しく出発をして、いつまでも幸せに暮らすのさ」


犬の激しくほえる声が、ヘリコプターの到着を知らせた。アンバーはドレスの胸のボタンを留めると、ひざの上のばら色のほおをした赤ん坊にほほ笑みかけた。「かわいいソフィ、あなたのパパがお帰りよ。パパにキスしてもらうまで、お目々を開けていられるかしら？」

六カ月の赤ん坊は言葉は話せないが、微笑することはできる。そしてソフィは父親にそっくりの魅惑的な笑顔を持っていた。母親と、たった今部屋に入ってきた祖母ににっこり笑いかけ、ソフィは父親を捜すように金色の瞳であたりを見回している。

イレーネはアンバーのひざから赤ん坊を抱き上げると、笑ってあやしながら言った。「アレックスを迎えに行ってらっしゃい。ニックとダモンはもう外で大騒ぎしてますよ。ほんとうにいたずらっ子たち！」

アンバーは笑った。「いたずらっ子では、まだ控えめな言い方ですわ！」

しかし彼女は、ニックがニュージーランドからギリシアへの移住でほとんど精神的な痛手を受けていないことがうれしかった。ニックと庭師の息子のダモンは年齢も性格も似よっていて、言葉の壁を乗り越えてたちまち親友同士になった。

アンバーは春の日差しを遮った部屋をいくつも抜け、庭を通ってヘリコプターの発着所に急いだ。回転翼の音を圧するように、ニックの叫び声が聞こえる。アンバーが涼しい糸杉の木陰から足を踏み出した時、ニックが興奮した様子で父親の前を走ってきた。アンバーは笑いながらよけて二人の少年が走り抜けるのを許し、アレックスを待った。彼はアテネに出張してきたところで、ぴったりしたダークスーツに身を固めている。

「アンバー」

彼女は夫の胸にすがりついた。パイロットの視線にもかまわなかった。彼女は夫の帰宅を待ち焦がれていたのだ。

アレックスは荒々しいキスを浴びせたが、すぐに顔を上げ、くすくす笑いながらささやいた。「僕が今したいこと、人目をはばかるんだ。僕の留守中は、どうだった？」

「元気にしてたわ」

「赤ん坊も？」

アンバーはアレックスの抱擁から抜け出し、肩を並べてビラへ向かいながら、ソフィのいたずらぶりを話して聞かせた。彼が大声で笑うので楽しくてたまらなかった。アレックスが帰宅した瞬間からビラは目覚め、彼のエネルギーが家の隅々にまで行き渡るかのように、活気がみなぎってくる。

その夜、アンバーは裸身にローブを巻きつけた姿でバスルームを出ると、ベッドに横たわって本を読んでいるアレックスに笑顔で言った。「今日、マットから手紙が届いたわ」

アレックスは本を置き、ドレッサーの前で髪をとかし始めたアンバーを見つめた。「彼、なんだって?」

「ただの近況報告よ。新しく雇った秘書のことで困ってるらしいの」

「ほんとに?」

アンバーは燃えるような髪を後ろに振り払って、立ち上がった。「その人、仕事はよくできるんですって。でも、牧場の男たちが彼女に夢中で、仕事が手につかないらしいの」

「僕に言わせれば、マットはそろそろ慣れてもいいころだと思うけどね。前の秘書が、とびきり美しかったんだもの」

アレックスのあからさまな賛美は、今でもアンバーを恥ずかしがらせる。彼がくっくっと笑うのを聞いて、ますますほおを赤らめながら、アンバーは彼を罰するために、ゆっくりとローブの前を開いた。彼の笑顔がふっと消えて表情がこわばるのを、ひそかに楽しみながら。

再び口を開いた時、アレックスの声はかすれていた。「僕をわざと苦しめるつもりか?」

返事の代わりに、アンバーは肩越しに挑むような視線を投げた。次の瞬間、アレックスはベッドから跳ね起きた。ベッドサイド・ランプがたくましい彼の体をばら色に輝かせる。アンバーは悲鳴を発すると同時にベッドの上にあおむけに横たえられていた。ローブははぎ取られて床に落ち、アレックスの怖い顔がすぐ上にあった。

「ごめんなさいって、言うんだ」

アンバーはじらすように舌の先で唇をなめた。「言わせてごらんなさいよ、アレックス」

回を重ねるたびに、愛は深まっていった。アレックスが優しく接してくれても、あるいは今夜のように圧倒的なたくましさを見せつけても、彼女は体の奥に燃えるようなうずきをかきたてられた。息をのみ、彼の顔も激しい欲望にゆがんでいるのを認めて、狂おしい炎に身を投じた。

そのあとは、けだるい陶酔感に包まれて、アンバーは汗ばんだ手を彼のわき腹から背中にゆっくりとはわせた。アレックスは満足のため息を漏らし、彼女の上から体を外して抱き寄せると、絹のような髪の中に顔を埋《うず》めた。

「僕、思うんだけど」と彼はギリシア語でつぶやいた。「僕は世界でいちばん幸せな男だ」

アンバーも慎重にギリシア語で答えた。「そして私は、いちばん幸せな女だわ」

彼はくっくっと笑った。「君のアクセント、だいぶそれらしくなってきたよ」

「当たり前でしょ。だれもギリシア語以外で私に話しかけてくれないんですもの！」

「それが外国語を身につける手っ取り早い方法さ」

アンバーはくすっと笑った。「わかってますとも。だから、あなたがみんなに命令したことを許してあげる」

アレックスはあくびをして、ついでに伸びをした。アンバーが彼のしなやかな体にいつもの逆らいがたい興奮を感じる前に、唐突に言った。「アンバー、ここで幸せかい？ ニュージーランドやイギリスに帰りたいと思うことはないのか？ この島での暮らしが退屈だったら、君の住みたいところへ移っていいんだよ」

アンバーは彼の唇にそっとキスしてから、甘えるように高いほお骨のあたりに唇をはわせた。「私はここが気に入ってるの。イレーネも私に心を開いてくれたし。二人の孫がどんなに大きな変化をもたらしたか、信じられないくらい！ ニックだってクレタ島が大好きだわ。時々ホームシックにかかるけれど、毎日が楽しくてすぐに忘れてしまうみたいよ」彼女は猫のようにアレックスに体をすり寄せ、彼の耳に息を吹きかけた。

「みだらな女！」と非難しておきながら、アレックスも彼女の唇の端を舌でそっと愛撫した。「じゃあ、今では僕を信じてる？」

アレックスはさりげなさを装っていたが、アンバーは彼が真剣にその問いを発したことを見逃さなかった。

厳粛な面持ちで、ありったけの愛を込めてアンバーは答えた。「ええ、信じてるわ、心から。あなたのことをあなたのお父さまや私の父と同じだと考えたのは、私の大きな誤りだったわ。あなたがガブリエルをあきらめるのを拒んだ時でさえ、あなたは変わらず私に優しかった。父が母に優しかったことなど一度も、ほんとに一度もなかったことを思えば、あの時私はあなたの気持を察してあげなくてはいけなかったんだわ」

「僕の父も、女性は甘やかしてはいけないと信じてたよ」アレックスはあいづちを打ってから、つぶやくように続けた。「でもね、アンバー、君が僕の気持を察することは無理だったよ。なぜって、当時の僕をひどくまごつかせた感情が愛だったとは、僕自身にもわかっていなかったんだから。愛とはロマンス小説の中だけに存在するものだと決め込んでいたんだ。しかし、今は違う。君のいるところが僕の家だ。君は僕の魂を清め、喜びをもたらしてくれる。このうえなくグラマラスな女との情事、金、権力――どれも君の腕に抱かれる時の甘く狂おしい陶酔には遠く及ばない。僕はそのことを学ぶのに多くの年月を要したけど、もう大丈夫、決して忘れないって誓うよ」

胸が熱くなって、アンバーの声が震えた。「ある意味では、二人が別れて暮らしたのがかえってよかったと思うのよ、アレックス。赤ん坊の時のニックを見せてあげられなかったのは残念だけれど、私たちは二人とも、別れていた間に成長したでしょう? 私たち、ほんとうに欲しいものはなんなのか、今ではよくわかっているわ」

アレックスは笑いを含んだ声できき返した。「そうか。じゃあ、君は何が欲しいんだい？」

そう、彼があんなに望んでいる降伏をしてあげよう。成長したとはいっても、根はギリシア人。彼は傲慢で嫉妬《しっと》深い暴君なのだ。「あなたよ」アンバーはためらわず答えた。「それに子供たち。でも何よりもあなたよ、アレックス」

「アンバー、君は僕の目と心と人生を満たしてくれる」アレックスは満足そうにささやいて、再び彼女を抱き寄せた。これ以上、何を求めることがあるだろう？　彼の優しく巧みな愛撫に身をゆだねて、新たな快楽の予感に胸をときめかせながら、アンバーは心の奥に深い安らぎを感じていた。

●本書は1989年1月に小社より刊行された作品を文庫化したものです。

潮風のラプソディー
2024年3月1日発行　第1刷

著　者　　ロビン・ドナルド

訳　者　　塚田由美子（つかだ　ゆみこ）

発行人　　鈴木幸辰

発行所　　株式会社ハーパーコリンズ・ジャパン
東京都千代田区大手町1-5-1
04-2951-2000（注文）
0570-008091（読者サービス係）

印刷・製本　中央精版印刷株式会社

定価はカバーに表示してあります。
 ISBN978-4-596-53643-3

lequin